DEVANEIOS
de um
MORIBUNDO

TOMMASO LEONARDI
DEVANEIOS de um MORIBUNDO

× Reflexões de uma pessoa à beira da morte ×

Labrador

© Tommaso Leonardi, 2024
Todos os direitos desta edição reservados à Editora Labrador.

Coordenação editorial Pamela Oliveira
Assistência editorial Leticia Oliveira, Jaqueline Corrêa
Direção de arte Amanda Chagas
Projeto gráfico Marina Fodra
Capa Heloisa D'Auria
Diagramação Estúdio dS
Preparação de texto Mariana Cardoso
Revisão Iracy Borges

Dados Internacionais de Catalogação na Publicação (CIP)
Jéssica de Oliveira Molinari - CRB-8/9852

Leonardi, Tommaso
    Devaneios de um moribundo : reflexões de uma pessoa à beira da morte / Tommaso Leonardi.
    São Paulo : Labrador, 2024.
    192 p.

    ISBN 978-65-5625-628-3

    1. Ficção brasileira I. Título

24-2212   CDD B869.3

Índice para catálogo sistemático:
1. Ficção brasileira

Labrador
Diretor-geral Daniel Pinsky
Rua Dr. José Elias, 520, sala 1
Alto da Lapa | 05083-030 | São Paulo | SP
contato@editoralabrador.com.br | (11) 3641-7446
editoralabrador.com.br

A reprodução de qualquer parte desta obra é ilegal e configura uma apropriação indevida dos direitos intelectuais e patrimoniais do autor. A editora não é responsável pelo conteúdo deste livro.

Esta é uma obra de ficção. Qualquer semelhança com nomes, pessoas, fatos ou situações da vida real será mera coincidência.

A todas as pessoas que buscam alcançar seus sonhos.

Agradecimentos

São tantas as pessoas que preciso agradecer por ter concluído meu primeiro livro, que nem sei por onde começar.

Contudo, entre elas, três desenvolveram papel fundamental no amor para a leitura que nutro até hoje: meu pai, Roberto; minha falecida mãe, Mara; e Marco Merlin, meu antigo professor de italiano, história e geografia, em Borgomanero, que, provavelmente, nunca chegará a saber o quanto me influenciou.

Se hoje amo ler e amo escrever, devo isso a vocês!

Ademais, considerando que vejo a realização desse objetivo como uma montanha que escalei devagarzinho, passando por muitos percalços, preciso agradecer, ainda, a todas as pessoas que me prestaram auxílio na subida, das mais variadas formas de incentivo, apoio e carinho.

Meu filho, Henrique, um dos dois únicos nomes verdadeiros citados no livro, foi minha inspiração constante. Obrigado, Henri, por me ensinar tanto.

Quero agradecer também às pessoas que se prontificaram a ler o manuscrito e a me dar um *feedback* sincero: Vinícius, ex-examinador, colega de trabalho e amigo fiel há anos. Quando te escolhi para prefaciar a obra, sabia que a decisão tinha sido correta; Antonella, minha melhor amiga, que não me considera seu melhor amigo, mas que está sempre presente; Alexander, que me foi apresentado virtualmente, por coincidência, e se tornou um "fratellino"; Renan, grande amigo desde a faculdade, que tem um amor invejável pela leitura; Felipe, melhor *personal trainer* do

Brasil, que me preparou para a prova física de delegado de polícia do estado de Goiás e me treina até hoje, em meio a muita troca de informações e risadas; Gabriela, minha primeira colega de comarca, que se tornou uma grande amiga na caminhada; João Marcos, vulgo "bambino", um dos caras mais inteligentes que conheço; Alex, um grande amigo, de inteligência muito acima do comum; Volnei, magistrado que trabalha comigo e que se tornou um amigo valioso; Ricardo, que conheci por acaso e se demonstrou uma amizade sólida e presente, confiando em mim para ser seu padrinho de casamento; Eduardo, psicólogo que me ajudou a melhorar em diversos quesitos e que se dispôs, mesmo frente à correria diária, a ler meu livro e opinar sinceramente sobre este; Edmilton, ex-aluno e colega de profissão exemplar.

É um privilégio poder contar com vocês!

Também quero dar meu grande obrigado ao Dr. Luiz Fernando Gouveia Bernardes, que citei no livro como sendo o médico que descobriu o câncer de Giovanni. Você é um grande amigo e um médico espetacular.

Repito: sem vocês eu não teria conseguido!

Por último, para deixar a obra mais "redonda" e publicá-la, contei com os serviços das competentíssimas Dany Sakugawa e Mayara Facchini.

Obrigado! De coração!

Tommaso

Sumário

PREFÁCIO — 13

CAPÍTULO 1: DEVANEIOS DE UM MORIBUNDO — 19

CAPÍTULO 2: A VIDA — 31

    A VIDA NÃO É JUSTA — 31

    CICLOS DA VIDA — 41

    QUASE — 46

    O FATOR SORTE — 48

CAPÍTULO 3: AS PESSOAS — 59

    TODAS AS PESSOAS SÃO SUPERÁVEIS — 59

    TODAS AS PESSOAS SÃO DIFERENTES — 65

    NÃO PERCA TEMPO COM PESSOAS E COM COISAS QUE NÃO PODEM DAR CERTO — 71

    SURPRESA!!! — 76

CONFIE, MAS DEPOIS VERIFIQUE	77
CERQUE-SE DE PESSOAS INCRÍVEIS	81
O CEMITÉRIO	85
CAPÍTULO 4: EU. VOCÊ.	**93**
MEU MELHOR EU	93
OS ERROS E OS APRENDIZADOS	95
O MEDO	100
A ESTRATÉGIA, OS RISCOS E OS IMPREVISTOS	103
ESTRATÉGIA	109
RISCOS	114
IMPREVISTOS	120
MINHA ESTRADA	126
AS DECISÕES E A EXECUÇÃO DAS DECISÕES	134
MEU IMPERIALISMO	144
DE NOVO. DI NUOVO. AGAIN	149
NÃO SEJA BABACA	150
NÃO SEJA ARROGANTE	154
NÃO SEJA E NÃO PAREÇA FRACO(A)	161
NÃO SEJA MIMIZENTO(A)	165
HENRIQUE	168

CAPÍTULO 5: VIVA (DE VERDADE) ──────────── **173**

CAPÍTULO 6: O FIM DO FIM ──────────── **177**

CAPÍTULO 7: O FIM É O COMEÇO ──────────── **185**

EPÍLOGO ──────────── **187**

Prefácio

Setembro de 2023: *a leitura dos originais*.

No início do mês de setembro de 2023, fui procurado pelo amigo Tommaso Leonardi para uma missão importante: ler os originais do seu primeiro livro.

Disse-me o autor que havia escolhido menos de uma dezena de pessoas para a leitura de sua obra. Eu era um deles. Evidentemente, senti-me honrado com a distinção e agradecido por ter tido a possibilidade de aprender tanto com os escritos do meu distinto amigo.

Definitivamente, *Devaneios de um moribundo: reflexões de uma pessoa à beira da morte* não é um livro que passa; ele fica! Ele marca! Ele instiga! Ele ensina! Um livro assim merece ser lido e aclamado. Prefaciá-lo é, pois, uma imensa honra. Unir meu nome ao do autor é algo engrandecedor. Mais para mim, é claro.

Assim, com muita gratidão por tão grande deferência, inicio a prefação deste livro.

Novembro de 2016: *assim conheci o autor*

Ao longo de minha carreira como membro do Ministério Público de Goiás, pude atuar diversas vezes como examinador de nosso concorridíssimo certame.

No ano de 2016, já com alguma experiência na função, fui chamado a compor a banca para selecionar os candidatos ao cargo de Promotor de Justiça do Ministério Público de Goiás.

Após as fases objetiva e subjetiva, chegaram à dificílima prova oral quase cinquenta pessoas.

As arguições foram realizadas em cinco dias. Nessa ocasião, pelos corredores do Ministério Público goiano, fui abordado por um sujeito todo garrido, engravatado, que tinha um sotaque diferente e aparentava estar meio nervoso, mas não tanto. Ele, então, cuidou de se apresentar. Disse que era um dos candidatos ao cargo de Promotor de Justiça; ressaltou que era Delegado de Polícia e que tinha um bom contato com a minha colega, Patrícia Otoni.

Ele não sabia, mas, àquela altura, Patrícia Otoni já havia apresentado para mim as suas credenciais. Segundo ela, Tommaso Leonardi era irrequieto e inteligente; dedicado e esforçado. Ela tinha razão! Logo que começou a sua arguição oral, notei que o jovem rapaz estava pronto e que uma das vagas seria sua. Ele se desvencilhou com maestria de diversas perguntas complexas, disparadas em rápida velocidade e de um jeito quase ríspido, demonstrando equilíbrio e conhecimento incomuns.

Tommaso, enfim, deixou a Polícia Civil de Goiás para abrilhantar o Ministério Público do mesmo estado. A partir daí, construímos uma ótima amizade e passamos a nutrir admiração recíproca um pelo outro. Você verá, leitor, que motivos para louvar o autor não faltam.

A história do autor é uma notória autoajuda

Hoje brasileiro naturalizado, Tommaso Leonardi nasceu ao norte da Itália, na minicidade chamada Cannobio, com aproximadamente 5 mil habitantes. Foi lá que viveu a sua infância, onde fora alfabetizado e aprendera o idioma e os costumes ítalos.

Tempos após perder (aos 9 anos de idade) sua mãe para um terrível câncer no pulmão, mudou-se com o seu pai e seu irmão para o Brasil, em 2002, quando contava apenas com 13 anos.

Imagino como foi difícil para Tommaso superar a morte de sua mãe; afastar-se dos seus parentes, sobretudo de sua avó tão amada; atravessar o Atlântico e chegar num país cuja cultura é muito diferente daquela que fazia parte de seu habitat natural; sem raízes, sem vínculos, sem o amor materno... foi assim que ele chegou na Terra de Santa Cruz. Adaptar-se a um cenário assim é para poucos, pouquíssimos, aliás.

Proponho-lhe uma reflexão: ponha-se no lugar do autor. Imagine-se neste contexto: "Quando nos mudamos para o Brasil, em 2002, não sabia sequer dizer 'oi', em português. Foi trágico! Costumo dizer que foi a pior época de minha vida — ainda mais complicada do que a superação da morte da minha mãe."[1] Pois é...

É difícil até imaginar o quanto o autor remou em águas turvas; quantas foram as tempestades enfrentadas. Uma coisa é certa: ele superou tudo. Tal como o comandante inglês Shackleton, em sua incrível expedição em busca de conquistar o Polo Sul, no início do século XX, Tommaso enfrentou as tormentas usando apenas o que lhe restava: sua insólita força de vontade e sua aguçada inteligência. Por certo, o autor ficou algum tempo à deriva, deparou-se com montanhas quase irrompíveis, sem muitos equipamentos para auxiliá-lo em seu dificílimo caminho.

Mas ele conseguiu mudar o seu destino. Sabe-se lá como, Tommaso aprendeu nosso idioma, cursou a faculdade de direito no Brasil e brilhou nos concursos públicos para os quais se inscreveu. Aliás, foi aprovado em todos e chegou onde quis estar: no Ministério Público.

Observar a história de Tommaso Leonardi é uma autoajuda raríssima. Para quem tem o prazer de conviver com ele, que desfrute disso; para quem não tem, que leia a sua

---

[1] Essas são palavras de Tommaso.

obra e cresça, concordando e discordando de seu modo de enxergar o mundo.

Rápidas notas sobre o livro e arremate

O presente livro escapa da arquitetura tradicional das autobiografias para edificar uma obra de qualidade espantosa.

Assim como o saudoso Saulo Ramos fez em *Código da Vida*, Tommaso Leonardi, com sua marcante perspicácia, usou uma história como pano de fundo e navegou por diversas searas do conhecimento.

Ao ler os originais, sem nenhuma explicação prévia do autor, por várias vezes me perguntei se estava diante de uma autobiografia; de um livro de autoajuda; de uma obra filosófica, de história geral ou de astronomia; de escritos sobre religião (ou sobre a falta dela...), sociologia ou antropologia. Eu não cheguei a uma resposta definitiva, mas tenho uma certeza: a obra dialoga com tudo isso!

O escritor demonstra, com humor e acidez amalgamados, a riqueza de seus conhecimentos. Suas infindáveis notas de rodapé evidenciam o quanto por ele foi lido (Hawking, Harari, Diamond, Pinker, Niall Ferguson, Warren Buffet, Greg Mckeown etc.).

Apoiado em rica bibliografia, enquanto constrói a narrativa acerca da vida de Giovanni (personagem fictício?), Tommaso discorre a respeito de acontecimentos históricos, escancara sua visão de mundo e revela interessantes nuances a respeito de temas diversos, como a discriminação e o preconceito presentes em nossa sociedade (e fora dela. Um exemplo sobre a legislação do Alabama bem ilustra a melancólica situação); os percalços enfrentados por Steve Jobs; a rotina perfeccionista de Kant; a síndrome da papoula alta; o dilema moral de Edmond e Mondego, dentre tantos outros.

Em suma, e sem spoilers: o livro deve ser lido e relido. Vale e vale muito! Eventuais conflitos entre a sua compreensão do universo, caro leitor, e a do autor, não o impedirão de se deliciar com a obra.

Boa leitura e fiquem com Deus, sobretudo você, *Tommasito*!

Prego![2]

Goiânia-GO, janeiro de 2024.

Vinícius Marçal
Promotor de justiça em Goiás; ex-elegado de
Polícia no Destrito Fedral; foi assessor especial
da Procuradoria-Geral de Justiça de Goiás,
coordenador do CAOCriminal, integrante do
Grupo de Atuação Especial de Combate ao Crime
Organizado e examinador de diversos concursos
de ingresso na carreira do Ministério Público;
professor; é autor de obras jurídicas.

---

2 Em italiano, a palavra possui muitos significados, embora o autor não concorde.

Capítulo 1:
Devaneios de um moribundo

> "
>
> Não há avisos quando tudo está prestes a mudar,
> a ser tomado de você. Nenhum alerta de proximidade,
> nenhuma placa indicando a beira do precipício.
> E talvez seja isso o que torna a tragédia tão trágica.
> Não é apenas o que acontece, mas como acontece:
> um soco que vem do nada, quando você menos espera.
> Não dá tempo de se esquivar ou se proteger."
>
> MATÉRIA ESCURA – BLAKE CROUCH

> "
>
> Fuja da opinião da maioria. Provavelmente está errada."
>
> OS AXIOMAS DE ZURIQUE – MAX GUNTHER

> "
>
> Isto é uma maçã. Algumas pessoas vão tentar dizer
> que é uma banana. Talvez elas gritem repetidas vezes:
> "banana, banana, banana". Talvez elas escrevam
> BANANA em letras maiúsculas. Talvez você até mesmo
> comece a acreditar que isto é uma banana.
> Mas não é. Isto é uma maçã."
>
> COMERCIAL DA CNN MOSTRANDO A FOTO DE UMA MAÇÃ.

Goiânia: *meu apartamento*. 18 *de agosto de* 2022.

Meu nome é Giovanni, tenho trinta e três anos e vou morrer.

Sempre me perguntei como seria. Torcia para um dia, aos oitenta, dormir com minha esposa linda do lado e não mais acordar. Sem dor, sem sangue, sem tragédia. Foi isso que aconteceu com meu avô há alguns anos, aliás.

Infelizmente, não terei essa sorte! Fui diagnosticado com câncer nos pulmões que, porém, já progrediu para o corpo inteiro. Nunca fui fumante de comprar cigarros diariamente, mas já brinquei muito com o acaso durante a faculdade e, nos últimos anos, acabei fumando sempre que bebia uma cerveja. E eu bebia bastante!

Em toda roda de fumante, sempre há pelo menos um que teve a tia que viveu até quase duzentos anos e fumava muito. A pessoa se gaba e justifica seu vício com uma frase clichê do tipo: "de qualquer forma, quando chegar a sua hora, você vai morrer".

Serei sincero com você, caro(a) leitor(a): não consigo concordar! Se for pensar assim, você poderia usar livremente cocaína, crack e heroína, sem se preocupar com nada, já que nossas ações não influenciariam o nosso destino escrito por um ser superior, nas estrelas ou em papéis imaginários.

Nunca fui adepto das ciências ocultas, do misticismo, da astrologia, e por aí vai, embora respeite muito os que pensam em sentido contrário. Sempre defendi a célebre frase "discordo do que você diz, mas defenderei até a morte vosso direito de dizê-lo", cuja autoria foi atribuída — no decorrer da história e principalmente agora com as informações postadas de forma desmedida na internet — a Voltaire, a Evelyn Beatrice Hall e a mais algumas pessoas (dê um *click* no Google e *abracadabra*).

Na minha modesta opinião de moribundo que pode escrever tudo o que quiser, sabendo que será julgado apenas após sua morte, minha doença e as merdas que vivemos se pautam no acaso. Dói pensar assim, considerando que se retira a importância gigantesca que o ser humano se dá (quando um pinguim, ainda jovem, perde uma pata, ninguém chama isso de destino, mas de mero acaso ou azar), mas faz muito mais sentido do que pensar que um ser onipotente e onipresente, às vezes mau, às vezes bom — a depender de seu humor diário — possa controlar a vida, a morte, a felicidade, a tristeza e qualquer outra situação de todos os seres humanos da Terra.

Sou um indivíduo entre bilhões de pessoas, em um planeta de tamanho pequeno, com um sol, que é uma estrela de tamanho médio, em uma galáxia entre centenas de trilhões de outras. Por mais que possa doer, a verdade é que não sou tão importante.

Como disse o eterno Carl Sagan:

> *sou uma coleção de água, cálcio e outras moléculas orgânicas que se chama Giovanni.*[3] *Você é uma coleção de moléculas quase idênticas com rótulo coletivo diferente. Mas isso é tudo? Não existe aí nada além de moléculas? Há quem ache essa ideia um tanto depreciativa para a dignidade humana. Quanto a mim, acho enaltecedor o fato de o universo permitir a evolução de máquinas moleculares tão intricadas e sutis como nós.*[4]

Pensar que há um Deus que me deu tanta importância sempre me pareceu conveniente, mas irreal. Creio que minha hora tenha chegado e que nenhum ser superior tenha algo a ver com isso, sinceramente.

Esse pensamento ateísta, aliás, é compartilhado por grande parte dos cientistas e pensadores modernos: Harari, Dawkins e Pinker, por exemplo. Este último, em seu livro O novo Iluminismo,

---

3 Obviamente, no texto original, o autor coloca seu nome: Carl Sagan.
4 SAGAN, Carl. *Cosmos*. 1. ed. São Paulo: Companhia das Letras, 2017, p. 177.

definido por um certo Bill Gates como o "meu novo livro favorito de todos os tempos", apontou que:

> Foi a razão que levou a maioria dos pensadores iluministas a repudiar a crença em um Deus antropomórfico e atento aos assuntos humanos [...]. Um grande avanço da Revolução científica — talvez o maior — foi refutar a intuição de que o universo é impregnado de propósito. Na concepção primitiva, mas onipresente, tudo acontece por uma razão [...]. Se nenhum mortal pode ser acusado de forma plausível, sempre dá para procurar por bruxas e queimá-las ou afogá-las. Se isso falhar, invocam-se deuses sádicos, que não podem ser punidos, mas podem ser aplacados com orações e sacrifícios. E há também formas incorpóreas como o carma, o destino, mensagens espirituais, justiça cósmica e outras garantias da instituição de que "tudo que acontece tem uma razão".[5]

Desculpe-me se te ofendi. Espero que dê mais uma chance para este livro. Talvez seja apenas um delírio de um desesperado. Aliás, sei que, com minha franqueza, serei insultado frequentemente pelo leitor ou pela leitora imaginários... Não me importo, sinceramente! Esta é uma das poucas vantagens que uma doença terminal traz: provavelmente, não verei as críticas que serão feitas em meu desfavor...

E, lembre-se, eu apenas acreditei em um Deus a menos do que grande parte da sociedade mundial (ainda há pessoas politeístas, embora o monoteísmo tenha crescido exponencialmente).

---

5 PINKER, Steven. O novo iluminismo: em defesa da razão, da ciência e do humanismo. 1. ed. São Paulo: Companhia das Letras, 2018, pp. 26-7, 44-5.

Afinal, penso que você também não acredite em milhares de outros deuses citados durante a história humana. Ou você reza para Poseidon quando vai à praia e vê ondas, ou para Júpiter, a fim de que chova muito em tempos de seca?

Conceda-me isto, querido(a) leitor(a): sinceridade. É pouco o que peço e não quero passar meus últimos momentos de lucidez choramingando uma verdade na qual não acredito...

Retornando... meu nome é Giovanni, que aqui, no Brasil, foi aportuguesado como "Geovane" e é bastante comum na Itália, meu "país de origem". Aliás, minha vida inteira pode se resumir a algo comum, pelo menos em minha opinião. Nada fora de série.

Nasci em Ruanda, país que nunca conheci, já que, com cinco meses de vida, meus pais me "doaram" — sim, como se eu fosse um objeto — para uma instituição beneficente. Por minha sorte, meu sorriso cativou Matteo e Ludovica, italianos que me adotaram quando eu tinha dois anos de idade e me levaram para a "Velha Bota".

A minha nova família sempre foi extremamente carinhosa comigo. Eu vivia razoavelmente bem, como qualquer outra criança filha de pais de classe média da Itália, sem possuir especial atrativo a não ser, para alguns, a cor da minha pele, mais escura do que o normal naquela região.

Em um país racista onde muitas pessoas se acham descendentes dos primeiros arianos e, por isso, dignas de condições melhores, ser um pouco mais escuro sempre foi um problema.[6]

---

6 A história da suposta superioridade ariana decorre de estudos que apontaram que todas as línguas indo-europeias possuíam como ancestral em comum o sânscrito. Os primeiros falantes se autodenominavam *arya*, enquanto os que falavam a língua persa mais antiga se intitulavam *airiia*. Estudiosos concluíram, portanto, que os falantes dessa língua "inicial" deveriam se chamar *arianos* e, por isso, seriam uma raça biologicamente superior; motivo pelo qual sua mistura com outras civilizações enfraqueceria a pureza daquela e poderia, futuramente, gerar sua extinção. Tais crenças foram estimuladas e utilizadas como pretexto para eclosão de movimentos extremistas.

Percebi isso desde muito novo e me deparo com situações chocantes toda vez que volto para lá.

Enquanto morei na Itália, estudei em escola de freiras e, depois, de padres. Meus pais investiram vultosas somas de dinheiro para que eu me tornasse um aluno dedicado e trilhasse um caminho — que se esperava — brilhante.

Meu pai trabalhava até a noite, como gerente de banco, enquanto minha mãe cuidava da casa, de mim e do meu irmão — filho biológico deles. Lembro que, até meus nove anos, quando meu pai chegava à nossa casa, à noite, após o trabalho, contava histórias para nós e todo dia precisava mudar a versão, ou a gente reclamava. Tinha zumbis, tinha castelos, tinha o bem e o mal. A gente esperava ansiosamente aqueles momentos.

Minha memória era excelente naquela época. Tudo era excelente. O futuro parecia ser excelente. Sinto falta disso.

Nos finais de semana, meu pai organizava "olimpíadas" comigo e com meu irmão, com direito a corridas, saltos e até disputas de bocha. Quem ganhava levava uma moeda que meu pai dizia ser do FBI e que daria acesso a lugares secretos. A competição era acirrada e a gente se divertia muito.

Posso dizer que minha infância foi extremamente feliz e invejável. Na Itália, vivia-se bem. Como os demais países europeus eram próximos, consegui conhecer parte do mundo — fato que influenciou, com certeza, minha necessidade fora do comum de ir a novos lugares quando mais velho. Tinha uma família que me amava e me apoiava. Que sorte!

Tudo começou a dar errado a partir da morte da minha mãe, em 1998, quando eu tinha nove anos, e meu irmão, oito. Também de câncer no pulmão. Mesmo sendo criança, nunca vi muito sentido no que todos me contavam sobre Deus querer minha mãe ao lado Dele. Entre bilhões de pessoas, por que minha mãe? Era uma ótima mulher, engraçada, linda e inteligente, mas achava que existiam outras possivelmente melhores.

Não tinha motivo para Deus e sua tropa de anjos, arcanjos e querubins precisarem tanto dela, ainda mais com apenas quarenta e um anos. Achei injusto. Achei desnecessário. Achei que Deus não era aquele ser bondoso e misericordioso que as escolas e os mais velhos tinham pintado.

Meu pai, na época um cinquentão com boa aparência, passou a acumular as funções de pai e mãe. Era extremamente presente e, mesmo cansado, dava um jeito de ver nossos treinos de futebol e de fazer as nossas vontades.

Ele se estressava facilmente, sejamos honestos. Lembro um dia no qual fechou a garagem e esqueceu a chave no carro. Culpou meu irmão e eu por isso, pois a gente conversava muito (sejamos justos também: essa última parte era verdade). Meu pai gritou e esperneou, mas, no final, tudo deu certo. Não tenho rancor; tudo era muito difícil na época.

Meu pai, após isso, iniciou-se na arte de paquerar e conheceu muitas mulheres que, a meu ver, não eram, nem de longe, páreo para minha mãe. Ele se gabava disso, mas eu achava tosco. E as odiava. Acho que, na verdade, era apenas egoísmo de uma criança que se transformava em adolescente.

Dois anos depois da morte da minha mãe, meu pai conheceu a mulher que se transformou na minha nova mãe. Eu não gostava dela na época.

Hoje, vinte e dois anos depois, posso dizer que ela sempre agiu pensando na gente, e foi importante para o meu crescimento e o do meu irmão. Porém, devo dizer, transformou meu pai em um ser absolutamente apaixonado e pau-mandado que não consegue ficar dez minutos longe de sua esposa — nem que seja para ver seus netos, mas, aí, creio que a culpa seja mais dele do que dela.

Apaixonar-se é bom, mas perigoso.

Minha escritora preferida, Margaret Atwood, em seu livro *Oryx e Crake*, assim refletiu, de forma pejorativa, obviamente, sobre o assunto:

> *Apaixonar-se, embora resultasse de uma alteração da química do corpo e fosse, portanto, uma coisa real, era um estado ilusório hormonalmente induzido, segundo ele. Além disso, era humilhante, porque deixava você em desvantagem, dava poder demais ao objeto do amor.[7]*

Apaixonar-se deixa a gente bobo e pronto para fazer coisas que, normalmente, não faria. É gostoso, mas perigoso — como já disse anteriormente.

Li esses dias um livro que dizia que limites são como paredes de um castelo de areia. Se uma for derrubada, o castelo inteiro cai. Talvez seja isto o que aconteceu: meu pai deixou o castelo começar a ruir, por conveniência ou por preguiça de discutir. O resto foi consequência. Não o culpo por isso; o amor é forte, e o coração, cego.

Ou talvez seja apenas ciúme meu...

Quando nos mudamos para o Brasil, em 2002, não sabia sequer dizer "oi", em português. Foi trágico! Costumo dizer que foi a pior época de minha vida — ainda mais complicada do que a superação da morte da minha mãe.

Quando você tem treze anos, pensa que seus amigos serão para sempre. Talvez em um conto de fadas ou nesses filmes romantizados em que tudo dá certo realmente ocorra isso. A verdade é mais difícil sempre, querido(a) leitor(a)! Muitos amigos insuperáveis durante a vida serão superados — desculpe o jogo de palavras —, sairão do nosso círculo de conhecidos, se tornarão fantasmas que, se forem vistos na rua, possivelmente serão evitados, ou torceremos para que não nos vejam por não termos que perder alguns minutos do

---

[7] ATWOOD, Margaret. *Oryx e Crake*. Rio de Janeiro: Rocco, 2018, p. 172.

nosso tempo — cada vez mais escasso — de adultos. Outros trilharão caminhos diferentes. Alguns virarão meros colegas de épocas distantes.

Mas, como ia dizendo, a minha realidade se passava em 2002, eu tinha treze anos e não sabia que palavras, na maioria das vezes, valiam menos do que atitudes, ainda mais quando faladas por crianças e adolescentes. Promessas de amizade eterna, de amores infinitos e de saudade perpétua foram feitas. No dia em que o professor contou para a turma o meu "adeus", lágrimas foram derramadas por quase todos; presentes, cartas, abraços, beijos, contatos de e-mail, números telefônicos foram dados; palavras vazias. No aeroporto, no dia quatro de junho, parecia que algo aconteceria e despedaçaria aquela ideia maluca — e que parecia absolutamente estúpida — de irmos embora para um país distante. Contudo, na "hora h", nada ocorreu, infelizmente ou, mais provavelmente, felizmente. Embarcamos com destino à nossa nova casa: o Brasil.

Na época, tudo foi muito difícil, porém sobrevivemos. Mas calma, querido(a) leitor(a), pois ainda não chegou a hora de contar sobre essa etapa da minha vida.

Voltando à minha narrativa, posso dizer que superei as dificuldades, e até venci. Cursei faculdade, conheci pessoas incríveis — e outras péssimas — e realizei muitos sonhos. Alguns, pelo visto, nunca serão realizados. A vida é isso, por mais injusta que possa parecer...

Poderia permanecer centenas de páginas narrando que fui um aluno exemplar, me tornei ateu aos dezessete anos, consegui o trabalho que mais queria aos vinte e quatro e tive filho aos trinta.

Creio, porém, que me faltem objetividade e imparcialidade para fazer isso. Sempre defendi que, para cada fato, existem, ao menos, duas versões. Como apontou, ainda no século XIX, John Stuart Mill, "quem conhece apenas o seu lado do caso sabe pouco sobre ele". Assim, apenas a minha exposição sobre o que penso a respeito da minha vida deixaria de lado a opinião dos outros; nesse caso, muito mais correta do que a que tenho, com toda certeza.

Na verdade, o escopo aqui não é redigir uma autobiografia ou escrever um livro de autoajuda, mas, sim, trazer um pouco do que vivenciei nesses trinta e três anos, mesmo sendo, relativamente, poucos. Mais do que isso, o objetivo é tirar o(a) leitor(a) da zona de conforto, assim como eu fiz com minha vida, há anos. Se der tempo, tratarei brevemente das lições que aprendi enquanto "vivi de verdade", mas esse não será o foco do livro!

Para sua alegria, será uma obra curta, assim como o tempo que me sobra.

Não precisa concordar com tudo que irá ler, pois sou apenas um homem comum, desprovido de grande sabedoria. Aliás, sejamos sinceros, não posso sequer dizer que alguém lerá este livro um dia. Talvez eu nem o acabe, seja por motivos de saúde, seja por motivos de preguiça, seja por não querer passar meus últimos meses escrevendo bobeiras.

Pensando bem, será que a finalização deste monte de palavras escritas em momentos de devaneios depende mesmo de mim? Será que esse câncer maldito me dará uma trégua e me deixará realizar meu último sonho de finalizar meu primeiro — e último — livro? Será que terei esse tempo? É pedir muito?

De qualquer forma, sempre quis escrever algo, e farei isso agora, enquanto ainda consigo. É grátis e ninguém pode me tirar isso! Por enquanto, minhas mãos e meu cérebro ainda respondem. Não sei até quando.

Sempre pensei que, se tivesse uma doença terminal, passaria meus últimos meses viajando, conhecendo o mundo, abandonando a esperança de cura. A vida é mais difícil do que isso! Vou me agarrar com todas as forças e acreditar na ciência e em médicos que pareçam ser competentes. Devo isso à minha família e ao meu filho! Enquanto ainda tenho tempo, nas tardes entediantes pós-quimioterapia, escreverei. Que jeito triste e feliz de finalizar minha vida!

Estou viajando nos meus pensamentos e me perdendo em lágrimas de desespero.

Pois bem... meu nome é Giovanni e hoje descobri que vou morrer. Antes do que eu queria, com certeza. Depois de muitos que vivem menos, é outra certeza. Estou com muito medo — não mentirei —, mas ver o copo meio vazio nunca foi uma opção para mim. A vida é injusta, no entanto, desfrutei dela com toda a força possível. Sou um apaixonado pela vida! Fui... talvez seja o termo melhor.

Que meus últimos momentos sirvam para fazer a diferença, pelo menos para alguns. Pelo menos para você!

Capítulo 2:
A vida

A vida não é justa

> "Nem tudo que vai volta.
> As coisas podem acontecer sem que ninguém leve em conta seus efeitos sobre a felicidade humana."

Goiânia: meu apartamento. 23 de agosto de 2022.
Em 25 de novembro de 1887, na antiga União Soviética, nascia uma criança que mudaria o mundo para sempre; seu nome era Nikolai Ivanovich Vavilov.

Nosso herói, após anos de estudos e pesquisas, tornou-se botânico e estudioso da genética dos grãos. Ficou famoso mundialmente e passou a vida tentando erradicar a fome no regime ditatorial dirigido, na época, por um dos maiores tiranos de toda a história, Josef Stalin, responsável pela morte de milhões de pessoas por inanição (entre outras diversas causas).

Contudo, pautando-se no pensamento contrário e absolutamente equivocado de Trofim Lysenko, Stalin decidiu não dar ouvidos a Vavilov, vendo-o como inimigo do regime (fato comum durante sua ditadura, aliás) e torturando-o por mais de mil e quinhentas horas, condenando-o à morte e, ao final, deixando-o morrer de fome, em 1943.

Vavilov, seguidor entusiasta de Gregor Mendel, pai da genética, foi fundamental no estudo da biodiversidade vegetal e na conservação de bancos de sementes de espécies cultiváveis para o mundo inteiro, tendo pautado sua vida no combate à fome e, ao que tudo indica, tendo sido uma boa pessoa.

Não sei se ele, após sua morte, transformou-se em anjo, se está em um paraíso com virgens ou se seu espírito evoluiu para algo melhor, mas sei que, no mundo terreno, sofreu torturas atrozes até falecer.

Em contrapartida, mais de mil anos antes, em Roma, nascia Sergio, futuro 119º Papa da Igreja Católica, entre 904 e 911.

Seu papado, decorrente de golpe, ficou famoso pela execução de inúmeras pessoas — inclusive do Papa Leão V — pelo nepotismo, pela violência, pela corrupção e pelo adultério.

Após sua morte, no ano de 911, seu corpo foi enterrado na Basílica de São Pedro, o maior templo de catolicismo do mundo.

Novamente, não sei se ele está sofrendo no fogo do inferno desde então, há mais de mil anos, mas creio que seja possível dizer que, pelo menos neste mundo, a justiça não foi feita.

Voltando a nós.

Imagine você sendo uma pessoa egoísta, egocêntrica e, às vezes, maldosa.

Imagine, durante sua vida inteira, ter praticado atos considerados mesquinhos pela sociedade.

Imagine que um dia, por algum motivo, algo de ruim aconteça e você venha a ter uma doença grave.

Pois bem, na sua opinião, isso se deu em decorrência de suas atitudes "erradas" tomadas durante sua vida?

Vou dar meu ponto de vista: não creio. Mais importante, não existe nenhum fundamento racional que comprove esse "tudo que vai volta", a não ser nossa esperança em vermos uma recompensa por nossas boas atitudes!

Sejamos sinceros, pensar assim pode até confortar e pautar parte da vida das pessoas, que, achando-se boas, veem com bons olhos um prêmio futuro por ter vivido de forma caridosa e "correta" durante sua existência.

Por outro lado, é bom pensar que aquela pessoa arrogante, maldosa e imbecil que você conhece terá o que merece no futuro.

Mais do que bom, é justo. Nosso sentido de justiça nos obriga a nos sentirmos assim.[8,9] Isso nos faz bem e nos motiva a sermos pessoas melhores.

Crer em Papai Noel e em fadas imaginárias também faz bem, mas isso não significa que seja verdade...

Por isso, digo a você: *nem tudo que vai volta*.

A vida não é justa e, ao nascermos, não assinamos qualquer contrato que nos garanta alegria e felicidade eternas.

Steve Pinker, já apontado em capítulo anterior, resume isso assim:

> *as coisas podem acontecer sem que ninguém leve em conta seus efeitos sobre a felicidade humana. [...] Não só o universo não se importa com nossos desejos, como também, no curso natural dos*

---

8 Aqui, considerando o objetivo do livro, não ingressarei no controvertido debate acerca do significado de "justiça". Caso o leitor queira se aprofundar, aconselho a leitura da obra *A ideia de justiça*, de Amartya Sen (São Paulo: Companhia das letras, 2011).
9 Só que, sejamos sinceros, o que é justo para mim pode não ser justo para você. Joshua Green, em seu livro *Tribos morais: a tragédia da moralidade do senso comum*, explica que "o senso de justiça é facilmente tingido pelo interesse próprio" (Rio de Janeiro: Record, 2018, p. 92).

acontecimentos, parece frustrá-los, já que existem imensamente mais modos de as coisas darem errado do que darem certo.[10]

Esse princípio, aliás, é denominado "entropia" (é a base, por exemplo, da conhecida Lei de Murphy), sendo um dos pilares da explicação moderna acerca do nascimento e expansão do universo.

Infelizmente, por mais que queiramos muito ser importantes, a gravidade e a corrente sanguínea não se importam com a gente. Essa é a verdade.

O que temos é uma realidade alheia às nossas vontades e a busca individual e coletiva pela felicidade, por meio de nossas condutas no decorrer da nossa efêmera existência.

Sobre o assunto, é interessante apontar que, no âmbito jurídico, muito se discute acerca do direito *à busca* da felicidade, ou seja, o direito que as pessoas têm de procurar ser felizes,[11] devendo o Estado propiciar-lhes condições mínimas para tanto. Mas, veja, tal direito (que para muitos nem existe) diz respeito a poder buscar a felicidade — não a ser feliz, de forma incondicionada.[12] Não existe o direito à felicidade garantida. Estamos no mundo real e nele não há a garantia individual do "feliz para sempre".

Sei que dói pensar assim, mas a verdade, muitas vezes, dói e é injusta.

---

10 PINKER, Steven. Op. cit., p. 45.
11 Alguns doutrinadores jurídicos defendem a existência do direito à busca da felicidade, que encontra sua origem na Declaração de Independência dos Estados Unidos da América, de 4 de julho de 1776, na Filadélfia, pautada no pensamento de Thomas Jefferson. Tal entendimento, que não é imune a críticas, busca a dignidade da pessoa humana; o que, em poucas palavras, significa que a pessoa possui o direito de buscar ser feliz, devendo o Estado proporcionar-lhe meios para alcançar isso.
12 É importante salientar que existem entendimentos modernos no sentido de que um dos novos objetivos da sociedade é o direito à felicidade, que pode ser alcançado com a utilização de bioquímicos. À guisa de exemplo, Yuval Noah Harari parece compartilhar desse pensamento.

Prefiro ser realista, mesmo que isso machuque, do que ser um alienado que pauta sua vida em esperanças utópicas e quixotescas.

Ah, Giovanni, mas eu li que o bem sempre é pago com o bem e o mal com o mal.

Também já li isso. Vi cientistas tentarem provar isso. Vi discursos garantindo isso. Da minha parte, estudei o assunto, amo ler sobre física, mas não consigo perceber essa relação explicada para a vida *terrestre*.[13]

Alguns poderão dizer, claro, que, se existir um Deus, este irá punir os pecadores e premiar os que agiram de forma correta, mas, aqui, temos que concordar que estamos nos pautando apenas em suposições, já que sequer sabemos qual o Deus certo e quais "leis" ele entende serem as corretas.

Assim, se existir um ser superior que realmente se preocupe com cada ato humano praticado e que nos tenha escolhido como raça superior, é possível que, após a morte, realmente haja um benefício outorgado aos "bons" e um inferno para os "ruins". Na minha opinião, o ser humano se dá tanta importância que vê como necessário que as leis da física e do universo se importem com ele e o levem em consideração em um plano cósmico que, ao que tudo indica, não se preocupa com ele nem com os outros seres vivos.

Sinceramente, vejo com extrema desconfiança a ideia de existir um paraíso e um inferno, nos moldes do que nos é ensinado nas aulas de catequese. Contudo, se faz bem a você pensar assim, se para você faz sentido, se você acredita nisso, talvez

---

13 Muitos pensadores, no decorrer da história, defenderam a "lei da colheita". Algumas filosofias orientais – por exemplo a que teve origem em Sidarta Gautama, mais conhecido como Buda – discorrem bastante acerca do *karma*, a cadeia infindável de causa e efeito. Sobre o assunto, é interessante a leitura do livro O *tao da física*, de Fritjof Capra (Cultrix, 2013), que analisa a física moderna e o misticismo oriental, conectando-os. Da mesma forma, na Bíblia, em Gálatas 6:7-8, é abordada a lei da semeadura.

a ideia exposta neste capítulo não faça sentido. Respeito isso com todo o meu coração!

Neste livro, contudo, vou abordar o lema do "tudo que vai volta" no âmbito do nosso mundo físico, durante a *vida vivida* — desculpe a redundância. Na Terra, a verdade é que não há provas reais de que tal princípio se aplique, de forma *mediata*, a nossas condutas, sejam elas boas ou ruins.

Claro, se eu der um murro em uma faca, me cortarei, mas nada garante que se eu matar alguém de forma violenta e insensata, fugir e sair impune, em um futuro próximo ou distante, serei punido pelas leis do homem ou da física por isso.

É só pensar em quantas pessoas extremamente más vivem, até seus últimos dias, uma vida que pode ser considerada feliz e ótima (não vamos nem dizer dos faraós, imperadores, reis e ditadores da Antiguidade). Em contrapartida, quantas vezes você conheceu ou ficou sabendo de pessoas caridosas e sensacionais que passam a vida entre sofrimentos e tristezas? Que morreram jovens? Quantas crianças que, possivelmente sem qualquer culpa, não conseguiram sequer sobreviver para praticar possíveis atos maldosos e serem punidas por isso?

Repito, não estou dizendo que, após a morte, não há um Deus que levará isso em conta — embora eu duvide —, mas que, durante a vida na Terra, não há provas para dizer que essa frase faça sentido.

O problema é que hoje a máxima de "tudo que vai volta", no tocante às relações pessoais e interpessoais, é vista como uma verdade absoluta. Postar isso nas redes sociais gera *likes* certos. São apontados fundamentos físicos e lógicos para justificar o injustificável. As pessoas não param para pensar sobre o assunto; apenas, diante de uma situação ruim, dizem "você terá o que merece, nesta vida ou na próxima" ou algo do tipo "a justiça humana é falha, mas a de Deus não". E pronto. É o suficiente. Assim a injustiça parece menos injusta.

Com certeza, você, leitor ou leitora, pode estar pensando: "*é exatamente* isso que aconteceu com você, Giovanni, seu ser desprezível e maligno! Com esse seu pensamento, nada mais justo do que morrer sofrendo!".

Você pode estar certo(a), mas continuo preferindo a coerência à incoerência, mesmo que seja mais dolorosa!

Isso significa que a pessoa deve viver uma vida pautada no egoísmo? Não! Significa apenas que suas atitudes positivas não gerarão obrigatoriamente um prêmio futuro. Significa que você fará caridade porque acha justo ajudar pessoas mais carentes e necessitadas. Significa que dará abraços e confortos grátis. Significa que sua personalidade dirá muito sobre você. É tão ruim assim?

———

Há poucos dias, vi, no Instagram de um jornal famoso, que uma pessoa muito conhecida e criticada por parte da população — não revelarei o nome para evitar discussões — perdeu a esposa. Já antevendo o desfecho, abri os comentários na postagem: centenas de pessoas adotando o lema do bem "tudo que vai volta" o atacavam dizendo que estava colhendo o que plantou e que merecia passar por isso.

Deixando de lado que, possivelmente, a esposa não teve culpa pelos atos do marido; deixando de lado o sofrimento que a pessoa passava naquele momento; deixando de lado a imbecilidade, a maldade e a pequenez de algumas pessoas, pergunto: você concorda? Ele agiu diversamente do que alguns esperavam e, por isso, mereceu ser punido? "Tudo que vai volta" é um lema de amor? Faz mesmo sentido?

———

Goiânia: meu apartamento. 24 de agosto de 2022.

Após acabar o capítulo anterior, no dia de ontem, fui deitar-me.

Enquanto cochilava, veio-me à cabeça uma cena que vivenciei em Napoli, no sul da Itália, quando tinha por volta de sete anos de idade.

No dia, meu pai, minha mãe, meu irmão e eu estávamos conhecendo a cidade — linda e louca ao mesmo tempo, por sinal — quando decidimos sentar em um restaurante "mais chique". O garçom, como sempre acontecia, olhou-me com suspeita. Um menino negro sentado com loiros em um lugar caro sempre gerava curiosidade ou suspeitas. Já estava acostumado com aquilo. Dessa vez, porém, o garçom, após me tratar de forma rude, não quis anotar meu pedido, até que meu pai solicitou a troca do atendente.

O racista lá no fundo não parava de me olhar. "Por quê?", eu me perguntava.

Após pagarmos a conta, ele passou do nosso lado e, em voz baixa, disse que macacos não eram bem-vindos no local e que esperava não nos rever.

Meu pai não ouviu, por sorte, e, apenas depois de horas, minha mãe, no carro, contou-lhe o ocorrido. Eu estava de olhos fechados e eles pensaram que eu estava dormindo. Meu pai queria voltar; minha mãe, sábia, não deixou. "Não adiantaria nada e ainda daria problema", ela disse.

Quando, à noite, perguntei para minha mãe o motivo de o rapaz ter dito aquilo, ela respondeu que havia muitas pessoas más no mundo e que o silêncio era a melhor resposta, nesses casos.

O mundo não era justo.

Após acordar, comecei a pensar sobre o assunto. Frequentemente, na vida, perguntei-me o motivo de as pessoas me odiarem tanto apenas por causa da cor da minha pele. Será que têm medo de respirar o mesmo ar que respiro e se infectarem? Será que acham que sou menos inteligente apenas porque tenho a cor da pele mais escura?

Na verdade, o preconceito contra as pessoas negras muito se deve, mais uma vez, à interpretação que religiosos deram a seu livro sagrado alguns séculos atrás.

Na época imperialista, os europeus decidiram levar escravos para suas colônias americanas, e os africanos foram os escolhidos — no lugar dos asiáticos —, por motivos óbvios: na África, já existia um comércio de escravos; a África era mais próxima; os africanos contavam com uma forte imunidade — pelo menos parcial — a doenças que assolavam o continente americano, como malária e febre amarela, por exemplo.

Assim, como forma de justificar os abusos, religiosos apontaram que os africanos descendiam de Cam, filho de Noé, amaldiçoado por seu pai, que teria dito que seus filhos seriam escravos.

A partir daí, considerando-se que os escravos, negros, e seus descendentes, acabavam sendo mais pobres e menos instruídos do que os brancos, ficou fácil justificar os preconceitos, apontando que nós, negros, éramos menos inteligentes e mais preguiçosos que os demais e que, por isso, merecíamos ser escravizados ou, ao menos, viver em um estado inferior na sociedade.[14]

Diante desse fato histórico, o padrão de beleza começou a se pautar nas pessoas dos países europeus desenvolvidos e na classe dominante. Ter olhos e pele claros passou a ser sinônimo de beleza e de riqueza, enquanto pele escura e nariz achatado eram vistos como sinais de inferioridade.

---

14 Assim se manifestou Djamila Ribeiro em seu *Pequeno manual antirracista*: "Com o tempo, compreendi que a população negra havia sido escravizada, e não era escrava — palavra que denota que essa seria uma condição natural, ocultando que esse grupo foi colocado ali pela ação de outrem" (Companhia das Letras, 2019, p. 8).

O tempo transcorreu, a sociedade mudou, o preconceito passou a ser visto, por muitos, como algo ruim, mas não se engane; ele ainda está impregnado na sociedade, ainda que não seja mais permitido gritá-lo aos quatros ventos abertamente.

As pessoas são más. A vida não é justa.

Ciclos da vida

> "I'm the one at the sail, I'm the master of my sea."
> [Sou o que está na vela, sou o mestre do meu mar]
> "Believer" – Imagine Dragons

> "Não existe caminho para a felicidade.
> A felicidade é o caminho."
> The Art of Mindful Living – Thich Nhat Hanh

> "Será que sua mãe realmente acredita que ele possa ser seduzido por essa visão de si mesmo — casado com Faith Cartwright e preso a uma cadeira de braços junto à lareira, congelado numa espécie de estupor paralisante, com sua querida esposa revestindo-o gradualmente em coloridos fios de seda como um casulo, ou como uma mosca emaranhada numa teia de aranha?"
> Vulgo Grace – Margaret Atwood[15]

Goiânia: meu apartamento. 31 de agosto de 2022.
Em 1869, na Índia, nascia um rapaz que mudou para sempre a história humana. Com treze anos de idade, lhe foi imposto um casamento. Posteriormente, determinaram que estudasse direito, em Londres. Entretanto não era isso que o jovem rapaz queria. Seu sonho era outro. Seguindo sua vontade, foi para a África do Sul e, após perceber a desigualdade racial, ele se tornou um dos maiores pacifistas e líderes espirituais de todos os

---

15 ATWOOD, Margaret. *Vulgo Grace*. 1. ed. Rio de Janeiro: Rocco, 2017.

tempos. Você já deve ter ouvido falar dele, seu nome é Mahatma Gandhi e, seguindo seus sonhos, mudou a história do mundo.

O que aconteceu com ele ainda é atual porque a sociedade continua querendo nos moldar. A sociedade predefine nossos sonhos e nossas metas. Somos criados com estereótipos decididos pelos outros: você será bem-sucedido se aos dezoito ingressar em um curso universitário que te possibilite ganhar dinheiro, aos vinte e cinco se casar e, aos trinta, tiver seu primeiro filho que defeque diariamente diamantes e esmeraldas.

Cada degrau é um ponto, como se a felicidade fosse uma competição e pudesse ser medida por tabelas. Como se ser feliz fosse algo predeterminado e pautado em sonhos iguais para todos.

Mas a verdade é outra: sonhos são pessoais e intransferíveis. Uma pessoa que vive os sonhos dos outros não vive de verdade e nunca se sentirá realizada, tanto pessoal, como profissionalmente.

Só que a sociedade não entende isso. Ela aponta erros, fica emburrada, fica estressada. As pessoas parecem constantemente urubus que sobrevoam animais em busca de sua próxima vítima.

O que aprendi com os anos — que começam a ser muitos — é que cada um tem seu tempo, cada um tem seu jeito, cada um sonha seus próprios sonhos.

Por isso, o que a sociedade pensa da gente, meu(minha) amigo(a), conta muito pouco. A vida é feita por ciclos e não existe uma ordem correta a ser seguida ou um tempo certo para que cada um deles seja vivenciado.

A minha foi assim: nasci, fui objetificado, fui doado, fui adotado, fui amado, estudei em escola de padres e freiras, perdi minha mãe afetiva, mudei-me para outro país, virei ateu, depois virei rebelde (não há uma relação entre ateísmo e rebeldia, obrigado), estudei muito e entrei na farra, aquietei e alcancei o sucesso profissional, entrei na farra novamente, tive filho, amadureci, aquietei, melhorei minha qualidade de vida para agora estar à beira da morte (podia ter comido menos brócolis e mais carne vermelha, no final).

Cada fase teve objetivos, sonhos e buscas incessantes pela felicidade.

Muitos invertem as fases. Outros nunca entram na farra. Alguns nunca saem dela. Vários nunca estudam. Muitos nunca têm filhos. E está tudo bem, desde que isso proporcione felicidade e desde que outras pessoas não sejam atingidas por atitudes alheias. A sociedade vai olhar mal a pessoa? Sim, mas, com todo respeito, foda-se! Até hoje, muitos me olham como se fosse marginal porque tenho tatuagens. Deixemos a Idade Média e as pessoas que ainda acham que vivem nela para trás.

Como já informado brevemente, em 4 de julho de 1776, na Filadélfia, Pensilvânia, Thomas Jefferson, ao inaugurar a Declaração de Independência dos Estados Unidos da América, apontou, em seu preâmbulo:

> *O direito à busca da felicidade faz com que o indivíduo seja o centro do ordenamento jurídico-político que deverá reconhecer que ele tem a capacidade de autodeterminação, de autossuficiência e a liberdade de escolher seus próprios objetivos. O Estado deve atuar para garantir que essas capacidades próprias sejam respeitadas.*

Pois bem, transcorridos quase duzentos e cinquenta anos, aqui estamos nós: arrogantes, manipuladores, donos da verdade, querendo moldar os outros com o nosso conceito de felicidade. Lastimável!

Há um livro do Mark Manson que aconselho muito: *A sutil arte de ligar o f*da-se*. Você já deve ter ouvido falar dele. O autor busca exatamente isto: explicar que o que importa para nós não depende do que a sociedade pensa a respeito. Só que, na prática, não é tão fácil. Em um trecho, Manson ressalta que:

> *Superficialmente, ligar o foda-se pode até parecer simples, mas no fundo a história é outra. Quase todos passamos a vida em suplício por nos importarmos demais em situações que merecem o botão do foda-se. Perdemos tempo ruminando a grosseria do atendente em nos dar o troco em moedas. Ficamos loucos quando uma série de TV que acompanhamos é cancelada. Ficamos putos se ninguém no trabalho pergunta como foi o fim de semana justamente quando fizemos programas incríveis. Enquanto isso, o cartão de crédito estourou, nosso cachorro nos odeia e nosso filho está cheirando no banheiro, mas mesmo assim estamos irritados com moedinhas.*[16]

Até porque, sejamos sinceros, que sociedade chata essa em que vivemos! A internet potencializou isso. As pessoas vivem apontando erros, vivem julgando e, sem qualquer remorso, xingam, esbravejam, agridem e, muitas vezes, acabam com a vida de alguém. Sem direito ao contraditório e à ampla defesa, para piorar.

Stephen King, o rei do terror, em seu livro *Belas adormecidas* — um dos piores que li dele — metaforiza o uso do mundo virtual com a seguinte frase: "*a internet é uma casa iluminada acima de um porão escuro com piso de terra. A falsidade cresce como cogumelos nesse porão. Alguns são gostosos; muitos são venenosos*".[17]

E quanto veneno!

---

16 MANSON, Mark. *A sutil arte de ligar o f*da-se*. Rio de Janeiro: Intrínseca, 2017, p. 16.
17 KING, Stephen; KING, Owen. *Belas adormecidas*. São Paulo: Suma 2017.

Você não vai conseguir agradar a todos! Aceite! Mesmo fazendo sua parte, mesmo sendo "bom", mesmo vivendo nos moldes do que eles querem, sempre terá alguém pronto a falar mal de você. É a vida. É a futilidade e a insignificância das pessoas. É a geração Instagram. É a era da tristeza, mas das fotos com muitas risadas. É o século XXI.

Resumindo e concluindo: a vida é apenas sua e, por isso, decida, de forma pensada, o que quer fazer com ela. Não se preocupe demais em fazer apenas o que a sociedade espera de você, pois, muitas vezes, não é o que você espera de você. Viva sua vida, respeite os outros, siga seus ciclos.

> *E se a sociedade parasse de nos dizer para comprar mais e nos permitisse pensar e respirar mais? E se nos estimulasse a rejeitar o comportamento que nos impele a fazer o que detestamos, para comprar o que não precisamos, com dinheiro que não temos, a fim de impressionar pessoas de quem não gostamos?*[18]

P.S.: no final, meu filho não me deixou rico defecando diamantes, infelizmente.

---

18 MCKEOWN, Greg. *Essencialismo*. Rio de Janeiro: Sextante, 2015, p. 26.

Quase

Goiânia: hospital. 5 de setembro de 2022.

Ontem, quase morri. Estava começando a escrever um capítulo pela manhã quando caí no sono. Por volta das dezenove horas, ouvi os médicos contando para minha família que não sobreviveria mais uma noite. Questionei-me como tinha ido parar no hospital. Estava sedado, mas uma notícia daquelas fez a adrenalina me acordar na hora. Entre os prantos da minha noiva, do meu irmão e os áudios dos vídeos de desenhos animados que meu filho, de três anos, estava ouvindo na cadeira ao lado, prometi para meu cérebro que duraria mais!

Porra, agora que comecei a escrever! Como você, leitor ou leitora, conseguiria sobreviver sem saber como a história acaba (contém ironia)?

Tô rindo aqui sozinho imaginando que, entre tudo que vou perder ao morrer, minha preocupação seja com um leitor e com uma leitora que, possivelmente, nunca irão existir...

Um pouco de humor faz bem, ainda mais nessa situação de merda que estou vivenciando.

Desculpe os palavrões, mas são o que menos me preocupam agora.

Continuando... Após conseguir acordar, chamei meu filho e o abracei muito. Chorei. Ele chorou também... Talvez tenha percebido a minha tristeza, a falta de ar em meus pulmões, a minha fraqueza. Não sei. Talvez três anos sejam mais do que a gente imagina, e a criança consiga entender mais do que pensamos... O abraço valeu a pena, essa é minha certeza.

O pior de tudo é que, como já contei, quando tinha nove anos perdi minha mãe pela mesma doença maldita, nas mesmas condições. Em seis meses, uma mulher forte e bonita foi apagada, lentamente, até um dia, em 19 de julho de 1998, não restar mais nada, além de um corpo frio e quase transparente.

Durou seis meses. Muito mais do que vou durar, provavelmente.

Não sei dizer se isso é um bem ou um mal...

Se fosse você vivendo numa situação dessa — sem esperança de vida, sem crença no futuro, vendo sua família, amigos e conhecidos, que tanto o admiravam e o viam como indestrutível, olharem para você com pena e, muitas vezes, o visitarem apenas por obrigação — gostaria de continuar a viver?

Não vamos nem falar da dor que sinto, do quanto a quimioterapia está me corroendo, da falta de perspectiva, dos sonhos frustrados, dos arrependimentos por não ter feito tudo que deveria, da falta que já sinto das pessoas que amo e que, em breve, não verei mais.

Pior é saber que o mundo continuará normal. Serão alguns dias, talvez semanas, de tristeza, para os mais próximos. Depois, minha imagem irá se apagar aos poucos. Quiçá, durante uma cervejada, daqui a dois anos, alguém não fale "o Jô faz falta". Minutos depois, entre risadas, o álcool irá me apagar novamente. Daqui a dez anos, meu filho nem se lembrará mais de mim, minha noiva terá casado com outro homem e, provavelmente, terá filhos lindos e simpáticos. Somos superáveis. A vida continua sem a gente. Se eu tiver tempo, tratarei disso em outro capítulo.

É muito egoísta torcer, mesmo que intimamente, para que as outras pessoas sintam infelicidade diante da minha ausência?

Sim, é, mas sou humano e estou sofrendo. Estou me sentindo o Ivan Ilitch, do célebre romance de Tolstói: um peso para todos, digno de dó. Em breve, virarei uma fotografia apagada que poucos querem ver. Virarei vermes ou cinzas. Virarei um nada.

O fator sorte

> "
> Nascemos reis, vassalos ou plebeus. Não escolhemos isso. Alguns nunca terão a chance de escolher o que se tornar. Outros sim. Se for o seu caso, aproveite sua chance!"

Goiânia: meu apartamento. 9 de setembro de 2022.

Não há dúvidas de que a sorte tenha influenciado e continue influenciando nossa concepção de mundo.

Os romanos, por exemplo, veneravam a deusa Fortuna, que era a deusa do acaso, do destino, da esperança.

Os gregos, do mesmo modo, acreditavam na deusa Tique.

Célebre, também, a frase "Alea Jacta Est" ["o dado está lançado"], proferida por Júlio César, em 10 de janeiro de 49 a.C., ao atravessar o rio Rubicão e tornar-se, publicamente, inimigo de Roma.

Mais recentemente, Winston Churchill, negando a existência da sorte pura e simples, disse: "A sorte não existe. Aquilo a que chamas sorte é cuidado com os pormenores".

Mas o que é a "sorte", afinal? Max Gunther a define como "o evento ou a série de eventos, aparentemente fora de nosso controle, que influencia(m) nossas vidas".

Pergunto: será que, realmente, esses eventos estão fora do nosso controle?

Atualmente, quase todos os dias, nós nos deparamos com situações nas quais atribuímos determinado acontecimento à sorte ou ao azar: se estudei um tema antes do dia da prova e acabou sendo cobrado, tenho sorte; se passei a noite anterior à prova bebendo em um bar e, na "hora h", não consegui lembrar o que foi cobrado, tive azar!

Sem dúvidas, há pessoas mais sortudas que outras. Depois de um início de vida assustador, fui criado em um país rico, com ambos os braços, as pernas, os olhos e uma saúde razoável, por uma família estruturada que me amava e me deu oportunidades. Estudei nas melhores escolas, tive condições de fazer faculdade e, ainda, fui beneficiado, encontrando pessoas maravilhosas no decorrer da vida.

Aliás, de acordo com a teoria da evolução, tive muita sorte por ter nascido, visto que a aleatoriedade é a base da tese defendida por Charles Darwin e incrementada por diversos cientistas após este.

Veja bem que incrível: a Terra surgiu há cerca de quatro bilhões e seiscentos milhões de anos, após ocorrer condensação de gás e poeira interestelar. Aproximadamente quatro bilhões de anos atrás, surgiu a vida em nosso querido planeta, que se subsumia a organismos extremamente simples. Naquele tempo, os relâmpagos e a luz ultravioleta do sol quebravam moléculas ricas em hidrogênio e os fragmentos se recombinavam espontaneamente, gerando moléculas mais complexas. Um dia, dessa situação, surgiu uma molécula capaz de gerar cópias de si, ainda que de forma bastante rudimentar. Nascia o parente mais antigo do ácido desoxirribonucleico, mais conhecido como DNA. Após isso, a seleção natural começou a trabalhar de forma incansável, eliminando, de maneira seletiva, os seres mais ineficientes, que não se adaptavam à nova realidade. O tempo passou e, aproximadamente três bilhões de anos atrás, surgiram os primeiros organismos multicelulares.

Perceba: transcorreu um bilhão de anos para que seres mais complexos — mas ainda bem básicos — nascessem: se acha a teoria da evolução da Terra absurda, lembre-se de que o ser humano tem poucos milhares de anos. Bilhões de anos são muito tempo.

Continuando: cerca de dois bilhões de anos atrás, nasceu o sexo, possibilitando que organismos pudessem trocar DNA entre si. Um bilhão de anos depois, a cooperação das plantas na produção de oxigênio alterara completamente a atmosfera do nosso pequeno planeta. Com isso, cerca de seiscentos milhões de anos atrás, a explosão cambriana possibilitou a existência de inúmeras novas formas de vida. Os mamíferos só ganharam força e despontaram na nossa história muito tempo depois, com a extinção dos dinossauros, que, até aquele momento, com sua hegemonia, impossibilitavam que nossos ancestrais pudessem se destacar.

Transcorridos milhões de anos, a evolução humana passou por diversas fases, como *australopithecus*; *homo erectus*; *homo sapiens*; *homo neanderthal*; revolução cognitiva: que gerou o aperfeiçoamento da linguagem; revolução agrícola: que possibilitou a eclosão das sociedades com base no estabelecimento de coletividades em lugares fixos; criação da escrita: que proporcionou organização das sociedades, evolução dos agrupamentos, surgimento de religiões e de hierarquias sociais estruturadas, exploração de muitos indivíduos por poucos que, beijados pelos deuses e escolhidos por minorias, perpetuavam-se no poder sem dar chances para a grande maioria da população; guerras infinitas; preconceito; evolução dos direitos humanos (após muito, mas muito tempo); fortalecimento da ciência (depois de algumas cúpulas religiosas impossibilitarem isso, por centenas de séculos — basta lembrar a Igreja Católica que queimou livros e pessoas por defenderem que a Terra gira ao redor do Sol e não o contrário, fato que acabaria retirando um pouco da imensa importância que nós nos damos)[19] e por aí vai (como não tenho conhecimento suficiente sobre física, biologia e história, pararei por aqui, antes de escrever mais bobeiras).

Hoje, do sossego do meu apartamento com ar-condicionado, parece incrível pensar isso, mas, durante grande parte da história humana, a guerra era o contexto "comum" e a paz era vista como uma mera pausa entre os conflitos. Quem ditava as regras era o mais forte. A guerra era romantizada e idolatrada como virtude. Morrer em nome de deuses (na época, os certos) e de soberanos que gritavam ordens de seus palácios brilhantes era a maior honra que alguém poderia ter. Por outro lado, hoje, guerras são condenadas pela maioria das pessoas, já que são consideradas algo imoral, ilegal e reprovável. Os pensamentos kantianos, humanistas e iluministas prevaleceram.

Da mesma forma, há poucos séculos, a liberdade podia ser apontada como algo altamente "restringível" e a hierarquia social algo quase que totalmente "irrestringível". Nascer em família plebeia determinaria seu futuro e poderia transformá--lo em um objeto na mão do soberano e da classe dominante e mais abastada. Hoje, embora a diferença econômica e cultural entre os ricos e os pobres ainda seja gigantesca e não obstante isso influencie diretamente nas possibilidades de sucesso de cada um, é certo que a situação melhorou absurdamente, tendo ocorrido uma valorização extrema da democracia — segundo Churchill, a pior forma de governo, à exceção de todas as demais.

---

19   Em seu livro Sapiens, Harari explana que:
A Revolução Científica não foi uma revolução de conhecimento. Foi, acima de tudo, uma revolução da ignorância. A grande descoberta que deu início à Revolução Científica foi a descoberta de que humanos não têm as respostas para suas perguntas mais importantes. Tradições de conhecimento pré-modernas como o islamismo, o cristianismo, o budismo e o confucionismo afirmavam que tudo que é importante saber a respeito do mundo já era conhecido. [...] Era inconcebível que a Bíblia, o Corão ou os Vedas estivessem omitindo um segredo crucial do universo – um segredo que ainda pode vir a ser descoberto por nós, criaturas de carne e osso. (HARARI, Yuval Noah. Sapiens: uma breve história da humanidade. Porto Alegre: L&PM, 2017, p. 261)

E o que dizer da facilidade que temos atualmente de encaminhar mensagens instantâneas para pessoas do outro lado do mundo? O que parece ser um direito inato, até poucos anos atrás, seria visto como bruxaria. Se eu quisesse, há poucas décadas, comunicar-me com minha família do outro lado do oceano, teria que enviar uma carta via correio, que chegaria em semanas ou meses. E aqui estamos, apontando situações realmente recentes, visto que, se voltarmos em poucos séculos, seria inviável para qualquer pessoa realizar a travessia Europa-América. Mesmo após a "descoberta" desta última, você poderia entrar num navio e cruzar o Atlântico apenas na qualidade de escravo ou jogado num quartinho de dois metros quadrados, com ratos e com chances altíssimas de nunca alcançar seu destino. Hoje, por outro lado, em poucas horas você pode fazer o trajeto São Paulo-Madrid, por preços razoavelmente acessíveis e em uma poltrona no céu em pleno estilo Zeus.

Se eu tivesse nascido há poucas décadas, com minha pele um pouco mais escura do que o padrão europeu, poderia ser executado em uma praça pública ou tratado como um pequeno brinquedo na mão de crianças violentas. Escrever um livro desses seria praticamente impossível, considerando que minha inteligência inferior e minhas características sub-humanas decorrentes do darwinismo social me impediriam de realizar tal tarefa e, pior, de estudar em escolas com gênios brancos. Meu destino divino seria o de servir patrões escolhidos pelos outros até ficar velho e virar comida para os abençoados cachorros da mansão do patrão.

Antigamente, isso é certo, a vida humana valia menos. Com o passar do tempo, acabou se tornando mais valiosa. Não quero ser utópico: não está tudo ótimo e a evolução da sociedade traz alguns malefícios também, mas é necessário perceber que, mesmo diante do pessimismo de muitos, a situação atual é bem melhor do que já foi, principalmente graças à ciência e às teorias humanistas.

Assim, apesar dos pesares, não há como dizer que não fui muito sortudo em nascer em uma sociedade que encontra seus alicerces na democracia, que — quase em sua totalidade — odeia guerras, valoriza a liberdade de expressão, idolatra a ciência, respeita, parcialmente, minha cor de pele, me possibilita estar aqui e escrever este livro.

Além de ter nascido em um universo imenso e na "época certa", para alcançar meus objetivos pessoais e me tornar o que me tornei, fui beneficiado com uma dose de sorte extra: como eu disse anteriormente, nasci do jeito que sou, vivi em uma família estruturada e me mudei para um país que me deu possibilidades. Podemos até nos enganar aqui e dizer que me dei bem na vida apenas graças à minha competência e a uma inteligência fora do comum, mas a verdade é que muitos fatores influenciaram positivamente para que eu chegasse aonde estou agora.

Vou exemplificar com a situação citada por Daron Acemoglu e James A. Robinson, em seu livro Por que as nações fracassam. Nessa obra, os autores explicam, com muita propriedade, as vantagens e desvantagens econômicas de ter nascido de um lado ou de outro da cerca que divide a cidade de Nogales, entre a parte mexicana e norte-americana. Destarte, as instituições dos Estados Unidos, por diversos motivos que tiveram sua origem na colonização inglesa — e não espanhola, diferentemente do México —, possuem qualidade de vida melhor, sistemas sociais que funcionam de forma mais eficaz e mais possibilidades de as pessoas se saírem bem no mercado de trabalho. O cidadão norte-americano médio recebe aproximadamente sete vezes mais do que o mexicano médio (e olha que não estamos falando de países que vivem em situação de miséria, como os da África subsaariana, onde o cidadão médio aufere renda de aproximadamente 1/40 do cidadão americano médio).[20]

O que se percebe é que o fato de nascer de um lado ou de outro de uma cerca que separa Nogales pode determinar drasticamente o futuro de uma pessoa. Desculpe, mas não se sustenta a tese defendida por alguns de que essas questões são de menor importância e que o que vale mesmo é apenas a determinação da pessoa. Tive muita sorte; isso é fato. Posso ter sido eficiente no que veio depois, mas minha vida me ajudou bastante.

Você pode pensar: "Esse Giovanni está nos últimos dias de vida, mesmo sendo ainda jovem, por causa de uma doença incontrolável, e ainda quer me enganar e dizer que tem sorte?". Faz sentido! Faz muito! Recentemente, recebi uma quantidade imensa de azar! Mas minha vida foi boa e espero que continue pelo menos razoável até minha iminente morte. Como apontou o médico sueco Hans Rosling, "não sou otimista, sou um possibilista muito sério".

Vendo o copo meio cheio, preciso lembrar que, ademais, nasci apenas por sorte: o espermatozoide que me deu origem

---

20   ACEMOGLU, Daron; ROBINSON, James A. *Por que as nações fracassam: as origens do poder, da prosperidade e da pobreza.* Rio de Janeiro: Intrínseca, 2022.

foi mais rápido que os outros e fecundou o óvulo da minha mãe de forma certeira. Qual a chance disso? E se tivesse sido um segundo depois? E se naquele dia meu pai não tivesse transado por estar doente? E se o café da manhã do meu pai e da minha mãe naquele dia tivesse durado mais dez minutos? E se meu pai não tivesse conhecido minha mãe? São muitos "e se", eu sei. E, claro, para os que acreditam em destino e em propósito na Terra, meu raciocínio nem faz sentido. Mas a dúvida fica...

Depois de nascer, fui "doado", mas acabei sendo adotado por pessoas que me amaram como um filho biológico e que me deram possibilidades. Aproveitei, conheci o mundo, tive um filho maravilhoso. Nunca vivenciei guerras de perto. Nunca passei fome, pelo menos desde que me entendo por gente.

Poderia continuar por mais cento e doze páginas, explicando o motivo de me considerar sortudo, mas não é esse o escopo deste livro. O que quero dizer é que tive bastante sorte em minha vida, e meus resultados decorreram dela também.

Uma pessoa que teve menos oportunidades do que eu, com certeza, terá maiores dificuldades em alcançar sucesso na vida. Se você nasce morando na rua, de pais que usam drogas e te colocam, aos três anos, para pedir esmola, suas chances de "dar errado" serão maiores do que as minhas. Até porque, na hora do "vamos ver", ninguém vai te dar uma estrelinha bônus como forma de compensar seu azar. A vida é injusta, já expliquei meu ponto de vista em outro capítulo.

Então, sim: a sorte influencia. Mas tão importante quanto é o fator "competência", que faz a pessoa maximizar a sorte encontrada no caminho e transformá-la em algo.

Já contei um pouco da minha vida, das minhas dificuldades e da sorte que tive. Quando ela bateu na minha porta, eu estava ali. Aproveitei os estudos que minha família me propiciou, abdiquei de muita coisa e quando, finalmente, a chance veio, lá estava eu pronto para colhê-la.

A sorte somada à competência gera uma fórmula imbatível!

———

Um dos maiores gênios dos nossos tempos, Bill Gates, contou com muita sorte e muita competência para chegar aonde chegou. Nasceu no país mais rico do mundo, de família estruturada, em uma época na qual a inteligência artificial dava seus primeiros passos (sorte). Aproveitou as possibilidades, foi para Harvard — e, posteriormente, a abandonou —, fez o que ninguém conseguiu fazer e se tornou, por um tempo, o homem mais rico do mundo (competência).[21]

Foi um golpe de sorte ou um conjunto de decisões extraordinárias? É realmente possível separar os dois? Ou ambos os fatores se misturam e geram o sucesso?

O fato é que muitas pessoas não aproveitam a sorte que têm e a jogam fora.

Conheço algumas que tiveram as mesmas chances que eu (talvez, até mais) e preferiram se tornar clonadoras de cartão e estelionatárias de velhinhas. Qual justificativa darão para si mesmas? Não gostavam de estudar? Quando a pessoa estuda até de madrugada coisas que não ama, não se trata de gosto, mas, sim, de esforço. Não tinham prazer em lutar? Infelizmente, se você não herdar um império do papai ou não ganhar na loteria, você precisará se esforçar.

---

21 Idem. Ibidem, p. 47.

Na minha opinião, você precisa fazer o melhor possível com o que está sob seu controle. Assim, você maximiza sua sorte e suas chances de aproveitá-la quando ela bater na sua porta.

Como disse Lúcio Aneu Sêneca, um dos maiores expoentes da escola filosófica estoica: "sorte é quando a capacidade se encontra com a oportunidade".

Esteja pronto(a).

Capítulo 3:

As pessoas

Todas as pessoas são superáveis

> *Ter problemas na vida é inevitável.*
> *Ser derrotado por eles é opcional."*
> Roger Crawford

Goiânia: meu apartamento. 12 de setembro de 2022.

Estou melhor! Meu corpo respondeu bem ao tratamento e, se não fosse pelo fato de eu não conseguir levantar, andar, fazer minhas necessidades sozinho e transar, diria que estou quase curado.

Vamos rir; sobrou-me isso e pouco mais.

Vou aproveitar esses momentos de lucidez acompanhados de um bom humor cada dia mais escasso para continuar a escrever.

Sei que, numa análise superficial, o nome do capítulo pode soar como mesquinho e grosseiro. Você deve estar pensando que apenas um moribundo, com raiva da vida, poderia ser tão frio e cruel. Espero que, ao final, possa compreender meu ponto de vista, mesmo, possivelmente, não concordando.

Nos próximos capítulos, vou tratar um pouco da relação que temos com as outras pessoas e da importância delas em nossas vidas.

Antes de tudo, porém, quero mostrar a você que mesmo as pessoas fundamentais para nós podem e devem ser superadas, se necessário. Afinal, nascemos e morremos sozinhos. Certo?

No primeiro capítulo, escrevi que, possivelmente, contaria um pouco sobre minha vida. Chegou a hora.

Como já disse, após minha mãe falecer, todas as minhas certezas se foram com ela. Anos depois, em 2005, foi a vez do meu avô e, pouco depois, da minha avó.

Mas vamos voltar no tempo! Com certeza, foi em 2002, quando mudei de país e fui afastado, à força e sem direito ao contraditório, dos meus amigos italianos e da minha família, que senti o maior "baque".

Naquela época, pensei que não superaria aquilo: em apenas quatro anos, primeiramente o acaso (ou Deus ou a natureza) decidiram me tirar a pessoa mais importante da minha vida e, depois, meu pai escolheu me fazer abandonar todos meus amigos, "amiguinhas" e parentes, que permaneceram na minha querida Itália, enquanto eu me mudava para um lugar que só conhecia por livros e por "ouvi dizer".

Só que, como escreveu a sempre sensacional Margaret Atwood, "em uma terra nova, amigos se tornam amigos muito rapidamente".[22] Ainda bem!

Esclareço, amo o Brasil e hoje o considero minha casa, mas, na época, começando a adolescência, não pensava assim.

Borgomanero — uma cidadezinha feia no norte da Velha Bota — e Cannobio — lugarzinho lindo de seis mil habitantes, no lago Maggiore, ao lado da Suíça — eram meu mundo. Pensava

---

22 ATWOOD, Margaret. Op. cit., 2017.

que nunca mais teria, novamente, amigos de verdade. Cogitava que minha vida tinha acabado.

Sem saber conversar em português, morrendo de saudades de tudo e de todos, sem amigos, eu e meu irmão, uma das pessoas mais importantes em minha vida, nos juntamos, enfrentamos o mundo, sobrevivemos e, pelo menos em parte, vencemos!

Tínhamos outra opção?

Depois, já no Brasil, foi a vez de entender que as namoradas também não durariam a eternidade: com quantas garotas cada adolescente pensa em ficar junto para sempre e, após poucos meses, quebra a cara? Quantas vezes me desiludi com efêmeros romances após declarar amor eterno?

A expressão "te amo" é bastante banalizada, digamos a verdade... Consequência de uma geração que pensa mais em curtidas nas redes sociais do que em valorizar profundamente as pessoas que realmente ama!

E quantas amizades acabaram durante os anos? Quantos melhores amigos se tornaram meros conhecidos?

Claro, há exceções. Ainda conservo vínculos estreitos com colegas de sala que tive na Itália em 1995 e mantenho como meus melhores amigos pessoas que conheci há décadas.

A essência do que quero dizer é que, por mais triste que seja a verdade, as pessoas podem ser superadas, mesmo quando parecem insuperáveis.

E tudo que escrevi até agora é algo ruim? Na maioria das vezes, é. Decepcionante. Injusto. Desanimador.

Isso porque fazemos planos a longo prazo, contando com pessoas que, provavelmente, não durarão tanto tempo! Somos seres humanos e nossos remotos ancestrais, há aproximadamente onze mil anos, com a revolução agrícola, decidiram viver em sociedade. É absolutamente normal estranhar a solidão. A vivência em comunidade está nos nossos genes.

Contudo, como dito, a verdade é que nascemos e morremos sozinhos. É a vida e não podemos fazer nada quanto a isso a não ser nos conformar e aceitar que as relações, muitas vezes, foram, são e serão fugazes. Entender que as pessoas são passageiras e que sobreviveremos sem elas, ainda que com óbvias tristezas transitórias, é um passo necessário para superarmos fins de relacionamentos — amorosos, de amizade, parentescos, entre outros — e vivermos uma vida feliz, sem expectativas grandiosas sobre indivíduos que, por um motivo ou por outro, podem sair de nossas vidas.

Quando minha mãe morreu, meu mundo ficou cinza, e assim permaneceu por anos. Podia ter me revoltado ou fugido de casa. Podia ter me tornado um péssimo aluno e descontado a raiva nos outros. Preferi superar, e foi a melhor coisa que fiz. As dificuldades me motivaram a vencer!

Ela era insubstituível, mas precisou ser substituída. É isso!

A mesma situação ocorreu após minhas decepções amorosas. Diversas vezes, pensei que nunca mais encontraria um verdadeiro amor. Sofri. Chorei. No final, reergui-me e sempre consegui superar a pessoa e encontrar uma nova forma de me sentir bem.

Hoje mudei minha cabeça e estou totalmente convencido de que, se necessário, poderia ficar sozinho e feliz para sempre. Vivi anos assim, até meu filho Henrique — meu raio de sol nesses dias sombrios — nascer; também conheci minha noiva, uma pessoa espetacular que, espero, deixará esses últimos momentos de meu sofrimento mais amenos (quando você chama a pessoa para se casar, mas vai morrer antes disso, ainda há noivado? Meu humor ácido prevalecendo!); tenho pai, irmão, amigos, mas cada um tem sua família, seu trabalho e suas prioridades. Tenho sorte: suportar o fardo de ter que morrer em breve dói muito, mas, pelo menos, tenho pessoas caras para me apoiar (e limpar as bagunças que faço à noite, na cama).

Mas, e se amanhã minha noiva me deixar? E se meu filho, criança, não quiser mais visitar um lugar sombrio como este hospital? E se me esquecer? E se eu me tornar um peso para ele? E se meu médico estiver errado e eu durar anos, será que meus amigos e familiares continuarão a me visitar?

O que quero dizer é que, mesmo nas piores situações, a vida continuaria e, ainda que sozinho, teria que conseguir superar as adversidades.

Ademais, viver sozinho tem suas vantagens: viajei solo com frequência, passei domingos inteiros vendo televisão deitado no sofá etc. Era absolutamente e absurdamente feliz e me sentia realizado!

Confie: se você não estiver bem consigo, como se relacionará bem com as outras pessoas?

Só que — afirmo mais uma vez — a sociedade não concorda com isso! A família, para muitos, é vista como algo indispensável para se alcançar a felicidade. Não casar e não ter filhos, para diversas pessoas, equivale a ter uma vida pela metade.

Não creio que seja bem assim, a não ser que se pense pelo lado estritamente religioso ou por escolhas individuais. Como disse anteriormente, vivi anos sem ter namorada fixa, sem ter um filho e sem qualquer objetivo de construir algo estável com alguém. Família, nem pensar. Acredite: era muito feliz!

"Ah, Giovanni, mas, então, por que você noivou? Hipócrita!" Veja, não estou dizendo que se apaixonar é ruim. Pelo contrário, é maravilhoso. No meu caso, encontrei uma pessoa incrível e estou totalmente realizado com ela ao meu lado. Apaixonei-me com o coração, mas mantive e mantenho o relacionamento com o cérebro também. Emoção e razão.

Agora, vou fazer um exercício hipotético e extremamente triste: e se meu filho morrer antes de mim? (Não fique consternado(a), é apenas um exemplo! Não precisa bater na madeira.) Ele é a pessoa mais importante em minha vida e creio que a dor seria irreparável. Por muito tempo, a maioria das coisas pararia de fazer sentido. Mas, e, então, o que fazer?

Sei que pode parecer extremamente frio dizer isso, porém a única possibilidade seria superar! Não há outra saída. Seria difícil? Claro! E demoraria muito! Mas não vejo outra solução.

Óbvio, ninguém está dizendo que não se deve sentir tristeza e saudade; a questão é como lidar com uma situação dessas da melhor forma.

Sri Prem Baba, em seu livro *Amar e ser livre*, escreveu que

> *a raiz da crise encontra-se dentro de nós. Portanto, quando falamos de enfrentar a crise, estamos nos referindo a uma necessidade de transformação interna, ou seja, as mudanças que desejamos que aconteçam no mundo ao nosso redor precisam ocorrer, principalmente, dentro de nós mesmos.*[23]

E é isso! Muitas vezes, não cabe a nós decidir se teremos dificuldades, mas cabe a nós decidir como lidaremos com elas. Sempre há uma escolha. Sempre há uma maneira de lidar com as coisas, por piores que sejam.

Capisci?

---

23   PREM BABA, Sri. *Amar e ser livre*. 1. ed. Rio de Janeiro: HarperCollins, 2017, p. 18.

Todas as pessoas são diferentes

"
Todo trabalho parece fácil quando não é você quem está fazendo."
A PSICOLOGIA FINANCEIRA – MORGAN HOUSEL

"
Quando fazemos merda, tendemos a achar que foi só um acidente, mas, quando outras pessoas fazem, imediatamente corremos para julgá-las."
F*DEU GERAL – MARK MANSON

Goiânia: meu apartamento. 18 de setembro de 2022.
Carol S. Dweck, em seu livro Mindset, explica que o que diferencia uma pessoa das demais foi tema de divergência entre os estudiosos durante a evolução da humanidade:

1. alguns afirmaram que os indivíduos se distinguem em razão de suas características físicas e biológicas;

2. outros alegaram que as situações vividas por cada pessoa a tornam diferente das demais.

A meu ver, ambos os pensamentos estão corretos. Para mim, é fato que "nem sempre as pessoas que começam a vida como as mais inteligentes acabam sendo as mais inteligentes".[24]

Por outro lado, é inegável que alguns indivíduos têm mais aptidão e facilidade em realizar determinadas atividades da vida do que outros.

---

24 DWECK, Carol S. Mindset: a nova psicologia do sucesso. 1. ed. São Paulo: Objetiva, 2017, pp. 12-14.

Assim, na minha modesta opinião, as pessoas se diferem entre si tanto por causa de fatores físico-biológicos quanto pelas condições externas que as moldam.

De qualquer forma, independentemente de seu entendimento sobre o tema, podemos concordar que cada pessoa tem seu modo de pensar, suas características e sua vivência, que a distingue das demais, tornando-a diferente.

Assim, mesmo sendo difícil compreender — por ser desconfortável —, a realidade é que o que faz sentido para você não fará, obrigatoriamente, sentido para outra pessoa. Se você não entender esse pressuposto básico, com certeza, ficará bastante desapontado(a) com muita gente no decorrer de sua vida.

Vou exemplificar: imagine que estamos em 2540, no planeta Giovannilândia, colonizado pelos humanos. Em breve, esse pequeno planeta terá as novas eleições para presidente planetário.

De um lado, temos um candidato de extrema direita, do outro, um com uma visão bastante esquerdista (sim, mesmo daqui a quinhentos anos, a divergência ainda existirá).

Após as eleições e uma disputa acirrada, o candidato de esquerda ganhou.

Meu parente distante, Jovanotti, que mora naquele planeta, vive em uma bolha social cheia de pessoas com razoável ou alta capacidade aquisitiva, formada, em sua maioria, por pessoas ligadas ao candidato de direita, tanto por sua visão de mundo quanto por possuírem interesses que, em tese, seriam afetados de forma negativa com a vitória do candidato de esquerda.

Quando este ganhou, as pessoas da bolha demonstraram sua insatisfação e descontentamento, chegando a chamar os eleitores do candidato da esquerda de imbecis, burros e corruptos.

Ou seja, parte dos seres humanos do futuro, no meu exemplo hipotético, possuirão dificuldade em entender que outras pessoas possam pensar diferente deles, por suas convicções, seus interesses e suas vivências de mundo.

Meu querido Jovanotti, interessado em compreender melhor o que está ocorrendo, realiza rápida pesquisa no Google futurístico e percebe que, no ano anterior, em Giovannilândia, existiam 62,5 milhões de pessoas vivendo na pobreza, totalizando aproximadamente 29,4% da população. Fora isso, havia milhões de indivíduos que ganhavam o suficiente para não entrar na estatística, mas, vistos sob um prisma lógico, podiam ser consideradas pobres.

Jovanotti, com os dados na mão, pensa: "é fato que a pessoa pobre, ao votar, foque no seu sustento e no de sua família. Nesse sentido, considerando que a esquerda, por sua própria essência e origem, visa diminuir mais drasticamente as dificuldades sociais, é razoável pensar que as eleições refletiram o ponto de vista da maioria".

E continua o raciocínio: "Em um planeta onde a pobreza domina, onde o salário mínimo *não é o bastante para sustentar uma pequena família e onde a estrutura pública de saúde, educação, segurança, etc. deixa absolutamente a desejar, é mais do que compreensível que pessoas menos abastadas financeiramente optem por escolher o candidato que mais as beneficie, pelo menos em tese*".

Só que muitos dos humanos do futuro não concordavam com isso e diziam que o efeito-esquerda geraria a queda das empresas e, assim, afetaria negativamente as pessoas com menor poder aquisitivo.

Novamente, o curioso Jova pensa: "uma pessoa que está custando a trazer pão em casa para tirar a fome dos filhos e que nunca foi à escola está preocupada em resolver seu problema ou em pensar que, a longo prazo, votar em um candidato de direita pode fortalecer, diretamente, os grandes empreendedores e, consequentemente, melhorar sua situação?".

Assim, conclui: "Não sei se a escolha do presidente foi correta ou não, mas vejo como absolutamente razoável pensar que milhões de pessoas tenham votado no candidato que mais as beneficiava diretamente, pelo menos em teoria, indo contra o pensamento de outra parte da população".

Não sei se você concorda com nosso querido Jova e com a maioria das pessoas do planeta futurístico, mas creio que, se não estiver de acordo, chamá-las de burras por pensarem diferente de você demonstraria que não aceita opiniões em sentido contrário nesse assunto e, quiçá, em outros temas da vida cotidiana.

Veja, deixo claro que não estou defendendo nenhum lado político, mas apenas trazendo um exemplo extremo acerca da possibilidade de pessoas diferentes e que vivem uma realidade distinta terem pensamentos contrapostos.

Ninguém teve uma vida exatamente idêntica à minha ou à sua. Provavelmente, seus objetivos são diferentes dos meus. Seus sonhos também. Você deve ter tido pais e amigos que pensavam e pensam divergente de mim, pelo menos em alguns aspectos. Como me culpar, culpar você ou culpar os habitantes do planeta Giovannilândia por pensarem de forma diferente?

Precisamos aceitar as opiniões alheias com respeito. Por muitos séculos, não houve liberdade de expressão, e eu jamais poderia ter sonhado em escrever este livro. Pessoas eram mortas por defender pensamentos não aceitos pela maioria. Em alguns lugares, ainda é assim. Tem certeza de que quer mesmo criticar as pessoas que pensam de maneira diferente de você?

Yuval Noah Harari, em um dos livros mais importantes de nossos tempos, escreveu:

> *Mas a ideia de que todos os humanos são iguais também é um mito. Em que sentido todos os humanos são iguais uns aos outros? [...] De acordo com a*

ciência da biologia, as pessoas não foram criadas; elas evoluíram. E certamente não evoluíram para ser iguais.[25]

Nossa diferença com as demais pessoas nos permite aprender muito com elas. Como afirmou Ralph Waldo Emerson, famoso escritor estadunidense, "todo homem que encontro é superior a mim de algum modo. E, nesse particular, aprendo com ele".

Pensar que somos os donos da razão e rejeitar opiniões alheias é mesquinho e arrogante.

Reflita.

———

Quando era bem mais novo, frequentemente me frustrava porque as pessoas agiam de forma diferente do que eu esperava delas.

Queria que elas pensassem igual a mim e, quando isso não ocorria, ficava visivelmente inconformado e estressado.

Queria que vivessem a vida que eu planejava para elas, sem levar em conta que não era necessariamente a que gostariam de ter.

Achava que elas eram fracas, burras e que não raciocinavam direito.

Resumindo: meu ego queria impor minhas ideias para os outros.

Tentei melhorar. Li muito a respeito. Fiz terapia. Foquei em entender o próximo. Evoluí — ou, pelo menos, espero.

---

25 HARARI, Yuval Noah. Op. cit., 2017, p. 117.

Com o tempo, percebi que, como bem apontou Robert Greene:

> *o problema em tentar provar que está certo ou conseguir uma vitória com argumentos é que no final você nunca tem certeza de como isso afeta as pessoas com quem está discutindo: elas podem parecer concordar com você por educação, mas intimamente ficam magoadas.*[26]

É praticamente impossível ganhar uma discussão; essa é a verdade. Só tem uma forma de vencê-la: evitando-a.[27] Temos que respeitar as opiniões alheias, por mais que nos pareçam absurdas.

Depois que mudei meu *mindset* e comecei a entender que não sou o dono da razão, passei a analisar os pensamentos das pessoas sob o prisma, a vivência e o modo de pensar delas.

Passei a perdoar mais e a pedir desculpa com maior frequência.

Se possível, faça isso. Sua vida e a das pessoas ao seu redor irão melhorar. Tenho certeza.

No presente capítulo, abordei que, ao analisarmos os pensamentos e a vivência de outras pessoas, podemos perdoar mais e entrar em consenso sobre diversos assuntos.

Mas há casos em que a diferença entre seu modo de pensar e o dos outros é tão gritante que não será possível manter um relacionamento saudável, seja ele amoroso, de amizade ou profissional.

Trataremos disso no próximo capítulo.

---

26 GREENE, Robert. *As 48 leis do poder*. Rio de Janeiro: Rocco, 2000, p. 100.
27 Nesse sentido: CARNEGIE, Daniel. *Como fazer amigos e influenciar pessoas*. Rio de Janeiro: Sextante, 2019, p. 126.

Não perca tempo com pessoas e com coisas que não podem dar certo

"
A liberdade, se é que significa alguma coisa, significa o nosso direito de dizer às pessoas o que não querem ouvir."
1984 – George Orwell

Goiânia: *meu apartamento.* **23 de setembro de 2022.**
Há uns anos, namorei uma garota que estudava para ser aprovada no vestibular de medicina. Ela era inteligente e eu tinha certeza de que, esforçando-se, passaria rapidamente. O problema era esse "esforçando-se".

Todo dia, dormia até tarde e procrastinava os estudos. Enrolava pela manhã, enrolava durante a tarde e enrolava à noite. Sempre havia um problema; sempre havia um culpado.

Menos ela, claro!

Ela precisava dormir mais que os outros, precisava ter mais momentos de descanso que as outras pessoas, precisava passar mais tempo fazendo coisas fúteis do que os demais indivíduos deste planeta, e por aí vai.

Longe de mim decidir o que a outra pessoa deve fazer em um relacionamento, mas vi que estava namorando uma "pessoa quase". Uma "pessoa quase" é aquela que "quase" cumpriu o objetivo que tinha se imposto, "quase" parou de comer chocolate todos os dias e "quase" conseguiu tirar nota mais alta na escola. No meu caso, eu estava em um relacionamento com uma pessoa que passaria a vida inteira dizendo *eu "quase" passei, eu estou "quase" lá, meu sonho está "quase" se realizando*.

As "pessoas quase" são perigosas porque nos enganam e nos fazem acreditar que seus sonhos ainda não se concretizaram devido ao azar, culpa de alguém ou ao próprio acaso. Iludem-nos para que as sigamos em busca de seus sonhos inalcançáveis, vivendo suas dificuldades criadas diariamente, entrando de cabeça em suas aventuras e, assim, perdendo junto a elas, no final.

O tempo passa e as atitudes não mudam. O quase continua sendo um quase em um círculo infinito. E, claramente, a pessoa continua culpando o resto do mundo pelos seus fracassos.

"Giovanni, você não pode querer mudar as pessoas! Se quis namorá-la, aceite-a da forma como ela é! Chato! Machista! Usurpador de sonhos alheios!" Você está parcialmente correto(a), amigo(a)! Parcialmente porque não quis dizer que a pessoa pode obrigar a outra a viver da forma que ela pensa ser melhor. Sonhos e objetivos são pessoais, indiscutíveis e intransferíveis.

O que quero dizer é que você, da mesma forma, não é obrigado(a) a permanecer junto a uma pessoa que não admira. Uma pessoa realizada nunca se sentirá completa ao lado de uma "pessoa quase".

No meu caso, um dia — após muitos dias (desculpe a repetitividade) — percebi que ela não mudaria e continuaria pautando sua vida nas desculpas de sempre — ou, pelo menos, até que novas desculpas surgissem. Percebi que não ficaria feliz ao lado de uma "pessoa quase" e que aquilo não era o suficiente para mim. Coloquei um ponto-final no relacionamento.

"Giovanni, o maquiavélico!", alguns dirão. Calma! Não me xingue e não me chame de insensível! Foi um exemplo inventado com o escopo de apresentar uma situação hipotética que acontece com frequência em nossas vidas: conviver com "pessoas quase", que possuem sonhos, mas não fazem nada para alcançá-los. Todavia, como disse Vince Lombardi, "o homem no topo da montanha não caiu lá".

A mudança, em geral, demanda esforço, demanda sair do *status quo*, demanda abandonar a zona de conforto (analisaremos melhor esse ponto mais para a frente, pois a situação, claramente, também se aplica a nós! Neste capítulo, a ideia é tratar de terceiros e da nossa capacidade de "largar" pessoas que não nos fazem bem). O sucesso exige 100% dos nossos recursos para ser alcançado, como bem pontuou Caio Carneiro.[28]

O exemplo da namorada poderia ser sobre o amigo que usa drogas e promete que um dia irá parar, o funcionário preguiçoso que pede, reiteradamente, uma nova chance ou, ainda, o criminoso que é preso e solto continuamente.

Sigmund Freud denominava tal situação de "compulsão à repetição", ou seja, o desejo inconsciente de repetir erros praticados no passado.

Acredite em segundas chances. Não acredite em terceiras chances!

———

Em 2014, após concluir a faculdade de direito, tornei-me delegado de polícia. Naquela época, deparei-me, por reiteradas vezes, com homens que tinham agredido física ou verbalmente suas esposas, no âmbito da violência doméstica e familiar. Quantas vezes vi mulheres chorando, lesionadas e pedindo para dar outra chance para o agressor? Quantas promessas de mudança esses homens fizeram? Quantas vezes, horas, dias ou semanas depois me deparava com a mesma situação ou com algo pior?

Veja, não estou dizendo que após um erro a pessoa precisa ser excomungada da sociedade e apedrejada, mas que, a depender

---

28 CARNEIRO, Caio. *Seja foda*. São Paulo: Buzz, 2017.

do erro ou do problema, você precisa se distanciar, se não vir, usando a razão, uma real expectativa de mudança da outra.

Use a razão! A vida não é apenas coração e emoção!

Promessas quebradas trazem novas promessas quebradas que trazem mais promessas quebradas. O mentiroso, ao perceber que não há consequências para suas falhas, continua a faltar com a verdade. E aí o "pinoquismo" toma a frente, tornando-se um círculo vicioso.

Em poucas palavras, seja o problema grande ou pequeno, se a outra pessoa promete mudar uma situação insustentável e, reiteradamente, volta a cometer os mesmos erros, fuja!

Continuar insistindo em alguém ou em atividades que não estão dando certo impossibilita você de conhecer novas pessoas ou encontrar tempo para fazer algo que possa dar certo.

Lembre-se: o tempo é uma das coisas mais importantes que temos na vida. Ele é escasso e precioso. Use-o com sabedoria!

Quando era mais novo, já realizado profissionalmente, montei um curso para alunos que estudavam em busca da aprovação em concursos jurídicos. Amava fazer aquilo, mas, após alguns anos, percebi que não tinha mais paz. Via-me cansado e estressado com frequência. Não tinha tempo para as pessoas que eu amava. Viajava de férias para descansar do trabalho e era diariamente bombardeado com perguntas e contatos de alunos.

Diversas vezes cogitei o fim da empresa, contudo estava profundamente apaixonado pelo meu sonho de crescimento da marca e reconhecimento de terceiros. Um dia, após muitas tentativas, percebi que aquilo só daria certo caso eu deixasse de lado outras coisas — mais importantes. Tentei de novo e tentei de novo até que minha razão falou mais alto e vi que estava procrastinando o inevitável!

Ao largar a empresa e ficar com mais tempo para mim, entendi que devia ter abandonado a atividade anos antes, pois, racionalmente, não havia como aquilo se tornar o que eu esperava que se tornasse.

Insisti e insisti mais na busca de algo que sabia que não daria certo. Ao tomar a decisão, encontrei mais tempo para fazer outras atividades que, antes, não tinha tempo de fazer.

"Quando o barco começa a afundar, não reze. Abandone-o."[29]

Óbvio, não estou dizendo para abrir mão de seus sonhos após o primeiro fracasso ou para largar sua(seu) namorada(o) depois de uma briga, mas para ter a maturidade de entender que uma atividade ou um relacionamento que, após diversas tentativas, não está dando certo, provavelmente não dará certo. Perder tempo nisso, na maioria das vezes, vai trazer apenas mais estresse e impossibilitar que você se depare com novas oportunidades.

Use-me como exemplo, querido(a) leitor(a): nos últimos momentos de minha vida, não consigo parar de pensar em quantos fracassos anunciados poderia ter evitado se tivesse pensado assim, se tivesse abdicado antes do irrealizável e se tivesse abandonado "pessoas quase" com antecedência.

Espero que você não tenha os mesmos arrependimentos que estou tendo!

---

29 GUNTHER, Max. *Os axiomas de Zurique*. Rio de Janeiro: Best Business, 2019, p. 59.

Surpresa!!!

Goiânia: hospital. 28 de setembro de 2022.

Ontem, recebi uma visita muito lamentável. Minha noiva que organizou tudo. A intenção foi ótima, tenho certeza. Ela faz tudo por mim. Só que foi uma merda. Uma grande merda.

Ela achou por bem chamar doze amigos — escolhidos a dedo, pois a fila era quilométrica, disse-me (deve ter exagerado para me fazer sentir importante; no máximo, tinha um metro e meio, decerto) — que entraram no quarto do hospital (sim, aqui, eu, novamente!), em grupos de três, para me visitar.

A maioria me olhou com aquela cara de dó, com aquele papo de "queria ter vindo antes, sabe, mas não queria incomodar". E a verdade é que incomodam mesmo.

Sinto-me um lixo, um fraco, um moribundo.

As pessoas choram, arrepiam e se escondem quando me veem. Desviam olhares. A maioria nem disfarça.

Como disfarçar? Como culpá-las? Elas me veem como uma pessoa com peste negra — melhor não chegar tão perto. Elas substituíram a palavra "câncer" por "problema", para que não pese tanto. Devem ter medo de que, ao falá-la em voz alta, possam atrair esse monstrinho filho da puta.

Virei um monstro. Virei um verme. Tornei-me digno de dó. Espero que minha vida acabe logo!

Confie, mas depois verifique

> "
> Não confiem no cavalo, troianos. Eu temo
> os gregos, mesmo quando trazem presentes."
> Eneida – Virgílio

> "
> Existe a história, e depois a verdadeira história,
> e depois a história de como a história foi contada.
> E depois o que se deixou de fora da história.
> O que também faz parte da história."
> O conto da Aia – Margaret Atwood

Goiânia: meu apartamento. 3 de outubro de 2022.

O nome do capítulo — "Confie, mas depois verifique" —, desta vez, não é de minha autoria, sendo a frase atribuída a Ronald Reagan que, pelo que dizem, ouviu-a dos russos, repetindo-a reiteradamente em seus discursos.

Desde crianças, somos acostumados, de forma correta, a meu ver, a pensar que dizer a verdade é uma virtude e que a mentira jamais deve ser tolerada.

Contudo, conforme estudos sobre o tema, passamos nossas vidas propagando inverdades sobre os mais variados assuntos, tanto para nos vangloriarmos do que não conseguimos realmente fazer, quanto para enganarmos pessoas e, assim, nos tornarmos mais lindos e competentes aos seus olhos, bem como para distorcer a verdade e nos safarmos de situações ruins.

Em um mundo de *fake news* diárias, estamos vivendo, de acordo com Michiko Kakutani, uma verdadeira era da pós-

-verdade, que deixa de ser "una" para se tornar "individual", a depender das preferências de cada um.[30,31]

O(A) mentiroso(a), na maioria das vezes, sustenta a inverdade de forma firme e fria e, se descoberto(a), cria versões fantasiosas para tentar justificar seus erros. Afinal, assumir que erramos é uma das coisas mais difíceis com as quais podemos lidar. O certo nem sempre é o fácil.

Fato é que as pessoas mentem! Muito!

Quantas vezes nos deparamos, nos corredores das fofoquinhas, com histórias acerca de pessoas de extrema confiança que acabam traindo seus(suas) parceiros(as)? Quantas vezes dizemos que colocaríamos a mão no fogo por alguém e descobrimos que, se a frase não fosse apenas metafórica, teríamos ganhado uma bela queimadura, pelo menos de segundo grau?

A confiança é a base de um relacionamento, seja ele de amor, de amizade ou de qualquer outra situação que busque ser duradoura e, com certeza, a maioria das pessoas mais próximas a nós merece uma chance para demonstrar que é digna dela.

Digo mais: a confiança deve ser presumida; caso contrário, não conseguiríamos nos relacionar com ninguém. Contudo devemos ter a maturidade e a força para entendermos que, com frequência, as pessoas irão nos decepcionar. Nesse caso, como abordei no capítulo anterior, fuja! As pessoas, na maioria das vezes, não mudam; dão um tempo!

Entretanto, se decidir perdoar o erro praticado por alguém, deve estar ciente de que voltar ao assunto, com frequência, tornará o relacionamento instável e insuportável, ainda que

---

30 KAKUTANI, Michiko. *A morte da verdade*, 1. ed., Rio de Janeiro: Intrínseca, 2018.
31 Há críticas a esse pensamento. Pinker, por exemplo, entendendo de forma diametralmente oposta, em sua obra já citada, *O novo Iluminismo*, indica que "os editorialistas devem recuar no novo clichê de que estamos numa era da pós-verdade. [...] o termo é corrosivo, porque implica que devemos nos resignar a propagandas e mentiras e apenas contra-atacar com mais mentiras da nossa parte. Não estamos numa era da pós-verdade" (p. 440).

faça sentido desconfiar, já que a confiança demora para ser conquistada, mas é perdida em segundos. E faz todo sentido, sinceramente, pois, como explanado, é a base de qualquer relacionamento interpessoal.

Assim, se decidir perdoar, perdoe de verdade, mas se mantenha alerta. É o preço que se paga por dar outra chance a alguém e tentar fazer o relacionamento dar certo.

Claro, diante de um erro alheio, você pode também fingir não ver a situação e continuar a viver sua vida em castelos cor-de-rosa com nuvens de algodão-doce, mesmo sabendo que está sendo enganado(a). "Quem procura acha" é o lema de muitos! Afinal, se pudermos fugir de descobrir verdades dolorosas, por que encará-las? Por que não viver mentiras confortantes ao invés disso?

Sinceramente, prefiro pautar minha vida em algo mais tangível e real. Carl Sagan, um gênio que deixou saudades, disse que "A verdade pode ser intrigante. Pode dar algum trabalho lidar com ela. [...] Pode não se coadunar com o que queremos desesperadamente que seja verdade. Mas nossas preferências não determinam o que é verdade".

Ayn Rand, sobre o tema, afirmou: "Vocês podem ignorar a realidade, mas não podem ignorar as consequências de ignorar a realidade".[32]

De qualquer forma — quer você goste da verdade ou não —, minha dica é confiar nas pessoas — pelo menos até que elas demonstrem não ser dignas de confiança — mas verificar, sempre que houver suspeitas de inveracidades. Claro, de forma razoável e pautando-se no respeito mútuo (os fins não justificam os meios), mas ciente de que, se descobrir a mentira, precisará ser forte o suficiente para tomar decisões, mesmo que sejam difíceis.

---

32 Para algumas pessoas, a frase é de autoria desconhecida, pois não consta nas obras da autora.

Assim, o objetivo — doloroso, eu sei — deste capítulo e do anterior é que você, leitor e leitora, entenda que:

1. as pessoas mentem!;
2. a confiança é a base de qualquer relacionamento e deve ser presumida até existirem indícios e/ou provas em sentido contrário;
3. quando existirem indícios e/ou provas em sentido contrário, verifique-os com imparcialidade e respeito, não deixando que sentimentos pessoais ofusquem sua razão;
4. a verdade é verdade mesmo quando faz mal. Cabe a você decidir aceitá-la ou viver mentiras confortantes;
5. se o erro for imperdoável e a pessoa assumi-lo, pense se irá realmente existir possibilidade de mudança e, nesse caso, se você terá a maturidade e a capacidade de confiar novamente na pessoa;
6. caso contrário, rompa a relação.

Cerque-se de pessoas incríveis

"
— Quem estará ao seu lado nas trincheiras?
— E isso importa?
— Mais do que a própria guerra."
ERNEST HEMINGWAY

Goiânia: meu apartamento. 7 de outubro de 2022.
Existem dois tipos de pessoas na vida: as que nos fazem crescer, aprender e melhorar e as que são meras perdas de tempo. Pessoalmente, odeio perder tempo. E você?

Já percebeu que a maioria das pessoas "fodas" são cercadas por outras pessoas "fodas"? Do mesmo modo, já parou para pensar que, normalmente, as pessoas "fracassadas" andam com outras pessoas "fracassadas"?

Vou dar um exemplo. Quando mudei para o Brasil, fui morar em uma cidade onde permaneci por quatro anos, até vir para Goiânia para fazer faculdade. Na época, fiquei amigo de inúmeras pessoas. O tempo passou, comecei a me distanciar de muitas e a ir para a mencionada cidade com menos frequência. A escassez de tempo, as novas amizades e a nova vida interferiram para que isso ocorresse, mas resumir meu distanciamento a isso seria negar uma outra verdade: a de que acho grande parte das pessoas de lá fúteis e paradas no tempo.

Com dezoito anos é legal ter como objetivo de vida ir à "festa x", beber muito, conhecer várias garotas e amanhecer, mas, se, com quarenta anos, seu *único* objetivo for esse, tem algo errado. Com todo respeito.

Toda vez que vou lá, as conversas são as mesmas. O escopo é se vangloriar, falar mal das pessoas e fazer brincadeiras de nível pré-escolar. E não tem problema acontecer isso, o objetivo de cada um é ter sua própria felicidade, mas comecei a ver que não me encaixava mais naquilo e que estava perdendo tempo precioso.

Antes de ser proibido de ingressar novamente naquela cidade, deixo claro que a maioria das pessoas é incrível e não entra na bolha que acabei de citar! O que ocorre é que alguns dos meus círculos de amizade eram e continuam assim. Sem objetivos reais, sem se esforçar, sem agregar.

Não que eu seja um exemplo de perfeição e de maturidade a ser seguido, mas sempre pensei que meu crescimento dependia também dos meus relacionamentos interpessoais.

Se você quer ser uma pessoa "acima da média", não pode andar *apenas* com pessoas que não te agregam em nada. Da mesma forma, se você se contenta em ser uma pessoa "medíocre", provavelmente, não estará cercado *apenas* de pessoas incríveis.

Claro, existem exceções. Não há problema em ter amigos(as) que não acrescentam em nada na sua vida, mas, se você quiser crescer, essa não poderá ser a regra.

Hoje, grande parte das minhas realizações decorre de ter encontrado pessoas fantásticas com as quais aprendi muito, vivi muito e amadureci muito. Minhas atuais amizades são exemplos disso: antes delas, meus finais de semana eram regados a cerveja e a festas — o que não é algo errado, mas me levava a viver um *loop* do qual não conseguia sair (emagrecer durante a semana para engordar aos sábados e domingos; perder tempo precioso com coisas fúteis; destruir minha saúde; procrastinar objetivos etc.).

"Pelamor", não estou dizendo que a pessoa não tem que se divertir e tomar uma no final de semana. Estou expondo que ter como principal objetivo de vida isso pode até gerar felicidade, mas efêmera.

Posso dizer que só consegui passar nos concursos públicos que prestei graças às pessoas ao meu redor que estudavam comigo, que se esforçavam, que buscavam o mesmo sonho que eu, que evoluíam comigo.

Imagine se, na época, quando prestei meu primeiro concurso, com vinte e três anos e muita imaturidade, minhas companhias fossem apenas amigos e pessoas festeiras. Imagine se toda sexta-feira à noite, quando eu dizia que iria ficar em casa para estudar, um amigo insistisse para sair e tomar uma? Provavelmente, pelo menos algumas vezes, teria sucumbido ao convite e ligado o "foda-se". Provavelmente, também teria me tornado uma "pessoa quase": com um sonho que, diante das minhas atitudes, se tornaria inalcançável.

Se você quer crescer, se você quer se dar bem, se você quer ter sucesso em seus relacionamentos, tenha ao seu lado pessoas extraordinárias, nas quais confie, que tenham os mesmos objetivos que você, que você admire, que te levem para cima, que sejam mais inteligentes do que você. Esse é o segredo.

"Mas, então, preciso parar de conversar com meu primo que tem quarenta anos e só fica em casa vendo seriado, fumando maconha, enquanto é sustentado pelos pais?" Óbvio que não! Existem amigos que são leais e fantásticos e possuem objetivos diferentes dos nossos. Amizade não depende de sucesso! Porém pense nisso e compense a situação, passando momentos importantes com pessoas que agreguem em outros sentidos também.

Faça seu tempo — que é escasso, tenho certeza — valer a pena!

Faça as pessoas ao seu lado se sentirem bem! Mantenha-as por perto! Cative-as!

"Em que sentido cativar, Giovanni?" O Pequeno Príncipe — que, para mim, na verdade, era um gigante — da obra de Antoine de Saint-Exupéry, durante sua viagem intergaláctica, perguntou isso à sábia Raposa, que lhe respondeu:

É uma coisa que anda meio esquecida. Significa criar laços. Você para mim não é mais do que um menininho parecido com 100.000 outros menininhos. Eu não preciso de você e você também não precisa de mim. Eu sou para você nada mais do que uma raposa parecida com 100.000 outras raposas, mas, se você me cativar, nós precisaremos um do outro. Você será para mim único no mundo. E eu serei para você única no mundo. [...] E eis o meu segredo. Ele é muito simples. Apenas com o coração podemos enxergar de verdade. O essencial é invisível aos olhos. O tempo que você perdeu com a sua rosa é o que faz dela tão importante. Os homens esqueceram essa verdade. Mas você não deve esquecer. Você é responsável por aquilo que cativa. Você é responsável pela sua rosa.[33]

Cative as pessoas que valem a pena! Elas são essenciais e têm muito a oferecer!

E, como derradeiro, distancie-se, pelo menos um pouco, das pessoas que são um peso em sua vida!

Como bem falou o empreendedor Emanuel James "Jim" Rohn: "você é a média das cinco pessoas com quem mais convive"! Portanto, escolha-as bem!

---

33 SAINT-EXUPÉRY, Antoine de. *O Pequeno Príncipe*. Rio Branco: UFAC, 2016, p. 52.

O cemitério

> "
> O que poderia ter sido e o que foi
> Apontam para um único fim, sempre presente.
> Passos ecoam na memória
> Pelo caminho não escolhido
> Rumo à porta que nunca abrimos."
> "Burnt Norton" – T.S. Elliot

Goiânia: meu apartamento. 11 de outubro de 2022.

Há dias bons — por minha sorte, a maior parte dos que vivi (pelo menos até recentemente); há dias ruins.

Hoje é um dia péssimo. Muito péssimo.

Sonhei com minha mãe. Estávamos em uma sala bem escura, e ela me disse que eu sofreria muito ainda. Que eu merecia aquilo. Que estava colhendo o que tinha plantado (olha o "tudo que vai volta" me perseguindo).

Deve ser o medo inconsciente — e consciente — da minha aniquilação, cada dia mais próxima. Deve ser o remorso que estou sentindo por ter vivido uma vida insuficiente em muitos sentidos. Deve ser minha fraqueza ganhando força no meio das minhas muitas incertezas.

Outros, por óbvio, dirão que o sonho deve ser interpretado, pois é um sinal do além: nesse caso, se minha mãe me falou isso, a situação é dramática. Ela ou eu, ou ela e eu, somos piores do que tinha imaginado.

Não acredito em leitura dos sonhos, como você já deve ter presumido.

Estou com medo, claro. Medo e dor. Muita dor. Cada vez com mais frequência me pergunto se um dia conseguirei acabar este esboço de pensamentos idiotas que estou escrevendo.

Provavelmente, não. Provavelmente, será apenas tempo jogado ao vento. Horas que eu poderia ter passado de uma forma mais proveitosa e digna.

Mas será que viver sonhos não é digno o suficiente? O que faz uma coisa ser proveitosa? Não sei responder. Tem tanta coisa que não sei, na verdade. Hoje, percebo isso de forma cristalina.

O que me veio à cabeça há poucos minutos é que não tenho arrependimento do que fiz na vida — claro, há coisas que poderia ter feito de uma forma melhor, mas isso não chega a me magoar ou a me gerar desconforto. Os arrependimentos que tenho são pelas coisas que eu deveria ter tentado fazer, mas, por um motivo ou outro, não as fiz. Os sonhos que não vivi. Os objetivos que não alcancei por sequer ter me esforçado. Os medos que me deixaram inerte.

Fracasso é não tentar; é ter medo de tentar; é abdicar diante do pavor de perder; é não ter a coragem de realizar.

Quantas vezes deixei de fazer o que eu queria com medo de a sociedade julgar? Quanto tempo a mais poderia ter passado com meu filho em vez de transcorrer noites trabalhando em um ofício no qual, em poucos dias de doença, já fui esquecido? Quantos outros países poderia ter conhecido em vez de ficar juntando dinheiro que, agora, já não serve mais para nada?

Houve uma época em que pensei em largar meu trabalho para tentar viver novos desafios. Economicamente, poderia ser um sucesso. A sensação de começar uma nova vida me excitava. Mas havia o risco. Havia o "e se...". E, acredite, o "e se" é trágico. "E se tudo der errado?", pensava comigo. "E se depois me arrepender da escolha?". E por aí vai. Sair do certo para o duvidoso me aterrorizava. O risco da falência me apavorava. Em poucos dias, meu sonho morreu, sem nunca sequer ter sido vivido.

A dúvida mata mais sonhos do que o fracasso já matou. O "tentei e não consegui" sempre vai ser melhor do que o "não tentei". Vai por mim.

Hoje, talvez eu esteja delirando, pulando de galho em galho e refletindo acerca de coisas sobre as quais já deveria ter refletido, quando eu era novo e são, física e mentalmente. Faz tanto tempo...

Minha mãe também morreu com sonhos não realizados. Tenho certeza de que, assim como eu, arrependeu-se muito de não ter ousado mais. Todos devem sentir um arrependimento, no final.

Em 1998, quando minha mãe adoeceu e, poucos meses depois, morreu, via-a como uma semideusa perfeita que sabia de tudo e não tinha incertezas. Mas tinha. Todos nós temos.

Foram meses muito complicados até sua morte. Meu pai tentando agradar a mim e a meu irmão em tudo, ao mesmo tempo em que escondia a gravidade da situação. Lembro que, certa época, para relaxar a gente, levou-nos à praia. Uma manhã, ao acordarmos, disse que tínhamos que ir embora imediatamente, pois havia problemas no trabalho. Apenas anos depois, descobri que o médico tinha ligado e avisado que minha mãe não duraria mais uma noite. Mas durou. Quem diria que anos depois ocorreria o mesmo comigo? *Déjà vu*?

A vida é uma cretina mesmo. Fica prorrogando nosso fim com falsas esperanças, apenas aumentando o sofrimento da gente e da nossa família.

No dia em que minha mãe morreu, eu estava na casa de uns primos, perto de Cannobio, na Itália, onde minha avó vivia. Lembro que, de forma repentina, minha tia me abraçou enquanto a gente caminhava. Como isso nunca havia acontecido, imaginei que algo tinha dado errado e que ela queria demonstrar solidariedade. Depois descobri que apenas tentava me impedir de ver um cartaz no qual constava o nome dos recém-falecidos (na Itália, tem muito disso até hoje. Algumas tradições permanecem, afinal).

Do nada, meu pai queria me encontrar pessoalmente para falar comigo. Detalhes não podiam ser adiantados, ele disse. Tinha nove anos, mas não era burro. Imaginei o pior — mas não acreditei.

Quando meu pai me buscou, fomos caminhar. Sem dúvidas, mas com dúvidas, perguntei se minha mãe tinha morrido. Ele, pronto para fazer aqueles discursos confortadores do tipo "Deus precisava de mais um anjo ao seu lado", admitiu que sim (depois fez o discurso, claro). Comecei a chorar, mas vi uma menina passando e fiquei com vergonha. Escondi meu rosto.

Às vezes, pergunto-me o motivo de ter agido assim.

Quando minha mãe morreu, morri com ela também.

Logo depois, fomos contar o ocorrido para meu irmão que, surpreendentemente, não chorou. Naquele momento, descobri que cada pessoa reage de uma forma aos acontecimentos da vida, não existindo um jeito correto ou errado. Mas que achei estranho, achei. Talvez, mesmo sendo mais novo, ele fosse mais maduro e mais forte. Talvez eu que fosse fraco.

Depois foi a hora do velório com a missa lotada de pessoas que, como minha avó gostava de me relembrar a cada três horas, amavam minha mãe, a moça mais linda, inteligente e fantástica da minha minicidade chamada Cannobio.

É engraçado e surpreendente como nos lembramos de algumas coisas e nos esquecemos de outras. Fatos importantes são olvidados, e detalhes bobos, gravados na memória. Gostaria de poder me lembrar de tudo...

Estou delirando. Percebo isso. O dia está péssimo.

Nos meses seguintes, nós nos reajustamos. "A saudade é a presença da ausência nos pensamentos", li esses dias, não lembro onde. E foi isto que sentimos: muita saudade.

Mas o tempo vai passando e, infelizmente e felizmente, a vida continua. Para a maioria das pessoas, pelo menos.

Ainda hoje, vinte e cinco anos depois, minha avó vive das lembranças da minha mãe. No começo, ia ao cemitério uma média de sete vezes por dia. Hoje, com dor nas costas, vai pelo menos uma. É muito amor, é muita saudade, é muita dor. Quando a visito, seu passatempo preferido continua sendo me contar o tanto que minha mãe era sensacional. Faz todo sentido. Perder um filho deve ser a maior dor que existe! Você dá tudo por ele, faz planos, o vê crescer e, antes do esperado, tudo acaba. Nenhum pai e nenhuma mãe deveriam passar por isso. Quebra a ordem lógica das coisas.

Estou confuso. Estou doente. Será que as pessoas são superáveis mesmo? Será que escrevi besteiras antes?

Vou tentar recuperar o fio da meada. Concentra!

Minha vida, contudo, não podia simplesmente estagnar. O tempo foi curando as feridas até que um dia a imagem da minha mãe não me atormentava toda noite e, com isso, superei e vivi de novo. Não esqueci, claro. Foram muitos momentos importantes e fantásticos transcorridos juntos, mas permanecer na dor eternamente não me parecia uma opção viável. Uma hora, a vida tem que continuar. Arregacei as mangas e, de cabeça erguida, enfrentei o problema.

Renasci após ter morrido. O sol reapareceu após a tempestade. A vida voltou a fazer sentido.

A morte da minha mãe foi minha primeira grande tristeza. Aprendi com ela. É o que nos resta em situações assim: transformar um pesadelo em aprendizado.

Por hoje está bom. Raciocinar está quase impossível. O dia está péssimo. Que amanhã seja melhor!

———

Goiânia: *meu apartamento. 15 de outubro de 2022.*
Agora que estou morrendo, o que não me falta é tempo para pensar em basicamente tudo.

Há dias nos quais me pego planejando o que irei fazer quando sobreviver ao câncer e os médicos me declararem "curado". Igual quando jogamos na Mega-Sena e ficamos fazendo planos de como iremos gastar um dinheiro que não ganharemos. Fico me imaginando saindo do hospital, com os amigos e parentes gritando meu nome e meu filho segurando uma torta para comemorarmos.

Outros dias, passo horas pensando no que deveria ter feito e não fiz e no que poderia ter feito, mas preferi não fazer.

Hoje, porém, passei horas me lembrando de quando apanhei pela primeira vez em razão da minha pele negra. Gostaria de falar que houve outro motivo, mas seria mentira. Agrediram-me exclusivamente por isso. Senti-me personagem de um livro, tipo Tom Robinson, no romance *O Sol é para todos*, de Harper Lee, ou qualquer outro que, no decorrer dos séculos, tenha sido vítima de preconceito. Os exemplos, infelizmente, não faltam.

Na época, morava na Itália, tinha uns oito anos, e caminhava tranquilamente na rua, levando pães para minha avó colocar na mesa do café da manhã. Deviam ser umas seis e meia da manhã. O trajeto era curto e seguro. Na altura da praça da igreja, dois rapazes brancos e bêbados, de aproximadamente dezesseis anos, apareceram. A partir daí, tudo foi muito rápido. Após um simular um macaco, o outro jogou os pães no chão enquanto me chamava de "negro feio". O primeiro, ato contínuo, desferiu-me um murro no olho. Em seguida, ambos fugiram.

Numa situação dessas, o que menos dói é a lesão física. O abalo psicológico, ainda mais para uma criança, é enorme.

Se fosse hoje, provavelmente pensaria: "Coitados! Que imbecis fracassados". Na época, porém, era muito novo, e não entendi o ódio que algumas pessoas sentiam contra mim apenas porque minha pele era de outra cor. O que tinha feito de errado? Será que eu era, realmente, inferior a eles? Será que eles tinham razão e eu merecia ser punido?

Anos se passaram e encontrei um deles comendo pizza e andando na rua com a esposa e uma filha. Ele me viu, mas não pareceu me reconhecer. Da minha parte, jamais esqueceria aquele rosto e aquele olhar que, sejamos sinceros, tinha se transformado. Parecia um pai de família normal, jantando após um dia cansativo no trabalho. Mesmo sabendo que erraria, pensei em chamá-lo, em perguntar o motivo por ter feito aquilo, em exigir desculpas, em humilhá-lo frente à família. Ele me olhou mais uma vez e, mais uma vez, seu olhar voltou para a pizza, sem qualquer sinal de reconhecimento. A pizza faz isso com a gente, às vezes. Levantei, pedi a conta e fui embora.

No final, algumas pessoas apenas não valem nosso desgaste. Lembro com total clareza que, enquanto caminhava até meu hotel, o sorriso não saía do meu rosto.

Capítulo 4:
Eu. Você.

Meu melhor eu

> "Quando há uma tormenta, os passarinhos escondem-se; as águias, porém, voam mais alto."
> INDIRA GANDHI

Goiânia: meu apartamento. 28 de outubro de 2022.
Quando eu era adolescente, pensava que um dia alcançaria minha melhor versão.[34] Não que iria ser perfeito, longe disso, mas imaginava que chegaria no "melhor Giovanni" possível.

"É a grande beleza da juventude. A ausência de peso que a tudo permeia porque ainda não houve nenhuma escolha errada, nenhum caminho tomado, e a estrada que se bifurca num ponto adiante é cheia de puras e ilimitadas possibilidades."[35]

Não precisaria mais estudar, porque já teria aprendido o suficiente. Não seria mais imprescindível me esforçar tanto, já que teria alcançado o sucesso necessário. Não teria por que correr atrás de novos sonhos, pois já teria realizado a totalidade deles.

---

[34] Assim como Fabiano, da obra *Vidas secas*. RAMOS, Graciliano. Rio de Janeiro: Record, 2012. 117ª ed. p. 22.
[35] CROUCH, Blake. *Matéria escura*. Rio de Janeiro: Intrínseca, 2017, p. 17.

Via a felicidade como algo que alcançaria completamente um belo dia e, *abracadabra*, viveria nela para sempre, em um estado de completude extrema.

Claro, estava errado. O tempo passou e comecei a perceber que a vida é uma evolução constante. Sempre tem algo que pode ser aperfeiçoado, feito de uma forma melhor e mais eficiente. Somos e sempre seremos "melhoráveis" e "adaptáveis" — como disse Margaret Atwood.

Você é excelente em alguma área específica? Com certeza, pode estudar mais e ser melhor ainda. Você alcançou seu peso ideal? Se não treinar, não fizer dieta e não se esforçar, logo vai ter que reiniciar tudo. E por aí vai. Os exemplos são infinitos. A perfeição sempre pode ser aperfeiçoada — desculpe a redundância!

E isso é fantástico, na verdade, pois nos motiva a alcançarmos, constantemente, nossa melhor versão. Nosso melhor eu.

Sonhar, buscar mais, lutar por algo são sentimentos necessários para nos realizarmos como pessoas. A perfeição não é um estado de ser, mas uma busca incessante e uma luta que travamos com nosso "eu", com nossa versão preguiçosa, com nossa consciência medrosa.

William Feather apontou que "o sucesso parece ser, em grande parte, continuar se segurando enquanto os outros já se soltaram"! Continue se segurando — ainda que pense que já não precisa mais!

Os erros e os aprendizados

"
Não confunda derrotas com fracasso nem vitórias com sucesso. Na vida de um campeão sempre haverá algumas derrotas, assim como na vida de um perdedor sempre haverá vitórias. A diferença é que, enquanto os campeões crescem nas derrotas, os perdedores se acomodam nas vitórias."
ROBERTO SHINYASHIKI

"
Siamo la somma degli errori che abbiamo commesso."
[Somos a soma dos erros que cometemos]
"VIA DI QUA" – J-AX

"
Meu nome é resiliência. Eu sou a soma de todas as coisas que tentaram contra a minha vida, mas fracassaram."
FERNANDO MACHADO

Goiânia: meu apartamento. 29 de outubro de 2022.
Entende-se por "resiliência" a capacidade de o indivíduo superar obstáculos, adaptar-se às mudanças, lidar com seus próprios problemas sem ceder à pressão.

Uma pessoa resiliente enfrenta as adversidades, por mais imprevisíveis que elas sejam, e transforma seus problemas em soluções.

Uma pessoa resiliente entende que reclamar da vida e "ficar de mimimi" não trará resultados e sabe que não existe montanha que não possa ser escalada. É só se equipar bem, montar uma estratégia e começar a subida, tendo consciência de que é muito mais gratificante chegar ao topo por seu próprio mérito do que ter um helicóptero que te leve até o cume.

Os exemplos motivadores não faltam.

Um dos maiores gênios dos nossos tempos, Stephen Hawking, foi diagnosticado com esclerose lateral amiotrófica aos vinte e um anos. Seu corpo foi paralisando de forma "imparável" e incurável no decorrer do tempo, fato que não o impediu de ganhar inúmeros prêmios, tornar-se uma lenda em sua época e uma grande inspiração para muitas pessoas.

Já ouviu falar de John Forbes Nash? Rapaz com uma inteligência absurdamente elevada, ganhador do Prêmio Nobel em 1994, no âmbito das ciências econômicas, pela criação da teoria dos jogos e que passou grande parte de sua vida lutando contra a esquizofrenia. Inclusive, *se não viu o filme Uma mente brilhante, pare de ler meu livro agora e vá assistir!* Vale muito a pena!

E Hellen Keller? Ficou surdo-cega aos dezoito meses de idade em razão da escarlatina ou da meningite e, mesmo diante das enormes dificuldades, tornou-se uma escritora, mundialmente famosa, e ícone na defesa das pessoas com deficiência, proferindo uma frase que deveria servir de lição para todos nós, "mimizentos" compulsivos: *"ou a vida é uma grande aventura ou não é nada"*.

Há inúmeros exemplos de indivíduos que, mesmo diante de dificuldades que pareciam intransponíveis, venceram.

Claro, os empecilhos podem ser oriundos de situações não imputáveis a eles, como nos casos de Hawking, Nash e Keller, que, com certeza, não desejavam sofrer seríssimos problemas de saúde. Nesse caso, o caminho é enfrentar a situação, entender que a vida não nos deve nada — e não é justa — e lutar para fazer o máximo.

Contudo, não raras vezes, nossas dificuldades decorrem de erros atribuíveis a nós. Quantas vezes fazemos besteiras e, depois, precisamos lidar com as consequências? Quantos erros ridículos e inacreditáveis cometemos?

Todos nós vamos errar na vida, isso é fato, mas apenas alguns de nós conseguirão enfrentar o problema de cabeça erguida e crescer com ele. Apenas alguns serão resilientes.

Sei que é *clichê* e pareço um monge falando, mas todo obstáculo traz uma oportunidade disfarçada para crescermos com ela. Cabe a nós definirmos como reagir a cada situação! O aprendizado é infinito.

"O que importa não é o que fizeram com você. O que importa é o que você faz com aquilo que fizeram com você", já dizia Jean-Paul Sartre.

Napoleon Hill, que, com certeza, não está entre meus escritores preferidos, foi feliz quando assim se posicionou sobre o assunto: "Minha experiência me ensinou que um homem nunca está tão perto do sucesso como quando o que ele chama de 'fracasso' toma conta de sua vida, porque nessas ocasiões ele é forçado a pensar".[36]

Fiz muita merda em minha vida — desculpe o palavrão, mas foi a melhor forma de definir meus constantes vacilos! No começo, não aprendia com meus erros. Ficava choramingando feito um bebezão, achando que a solução cairia do céu em meus braços. Com o tempo, entendi que lidar com os problemas e crescer com eles é fundamental.

Aprender com nossas falhas é a única maneira de, realmente, amadurecer.[37]

Uma das formas mais eficientes para melhorar quando cometemos um erro é saber admitir o vacilo, tanto para nós como para as pessoas atingidas pela conduta. Pedir perdão é essencial.

---

[36] HILL, Napoleon. + *Esperto que o Diabo*. Alvorada: Citadel, 2014, p. 14.
[37] Como bem disse L. P. Hartley em *O mensageiro*, romance publicado em 1953: "o passado é uma terra estrangeira. Lá eles fazem as coisas de outro jeito. Não se apegue ao passado, busque seu futuro, enquanto vive o presente".

Aliás, em tese, é bem óbvio que, se com minha ação ou omissão prejudiquei ou ofendi alguém, nada mais justo do que admitir isso para a pessoa e minimizar o prejuízo causado.

Contudo, é impressionante a dificuldade que as pessoas têm de fazer isto: pedir desculpas e aceitar as consequências de suas ações.

Após uns anos exercendo o cargo de delegado de polícia, em 2017, tornei-me promotor de justiça — vou tratar do assunto posteriormente. Durante o exercício da função ministerial, perdi a conta de quantos julgamentos em tribunais do júri realizei, e não me lembro de um no qual o(a) acusado(a) tenha pedido perdão aos familiares da vítima morta. Pior, não bastava ter aniquilado uma vida; ainda precisava emporcalhar a história dela e acabar com qualquer resquício de coisa boa que ela tivesse feito, com o intuito de se safar e de ser absolvido(a). Já sofri muito vendo isso.

Você pode pensar que em julgamento é diferente; afinal, melhor não admitir o erro e tentar ser absolvido(a) do que pedir desculpas e ser, com certeza, condenado(a). Em parte, é verdade. O direito à não autoincriminação garante isso — embora eu não concorde, mas, como este não é um livro jurídico, não vou me delongar, para o bem de todos.[38]

Não obstante, quando pensamos em outros contextos, a situação permanece a mesma. Pessoas magoam, agridem, enganam, insultam e, mesmo percebendo que erraram, preferem perder amizades em vez de admitir que fizeram bobeira.

O ego é mau! O ego nos destrói!

Mas e se eu pedir desculpas e a pessoa não perdoar? Claro, há erros que não são superáveis facilmente e, possivelmente,

---

38 Diversos juristas defendem que o direito à não autoincriminação não abarca o direito a mentir, seja por meio de mentiras agressivas, seja por meio de mentiras defensivas. À guisa de exemplo, o prof. Vladimir Aras: Disponível em: https://vladimiraras.blog/2013/03/15/enganei-o-juiz-e-me-dei-bem/. Acesso em: 21 mar. 2024.

nunca serão esquecidos. Enfrentá-los, mostrar humildade, aprender com eles, com certeza, é um degrau no nosso crescimento pessoal. Não tenha dúvidas, facilita — bastante — a possibilidade de a outra pessoa conseguir aceitar o pedido e superar os aborrecimentos.

Se tudo der errado, pelo menos sua parte foi feita. Isto, muitas vezes, é o mais importante: estar bem consigo e não repetir o erro cometido.

Assim, o erro seguido do aprendizado e de um pedido sincero de desculpas é uma arma infalível visando evoluir constantemente.

Por outro ângulo, errar e não conseguir admitir a falha praticada demonstra imaturidade, fraqueza e insegurança, além de mediocridade.

Desse modo, cada erro pode ser visto como: a) uma oportunidade de aprendizado ou b) uma falha que pode apenas ser esquecida. Nesse último caso, cuidado, pois, como já apontava George Santayana, há um sério risco de voltar a repeti-la.[39]

Afinal, "a história não se repete, mas rima" (frase que muitos atribuem ao eterno Mark Twain).

---

39 O assunto é tratado com maestria por Jordan Bernt Peterson na obra *12 regras para a vida*. Rio de Janeiro: Alta books, 2018, p. 76

O medo

> "O cheiro do medo é ácido. Corrosivo."
> OS TESTAMENTOS – MARGARET ATWOOD

Goiânia: meu apartamento. 10 de novembro de 2022.

Pois bem, venho anunciar a todos que sobrevivi ao dia de finados do ano de 2022, fato que, por si só, é uma conquista inesperada para mim.

Será que no ano que vem, nesse dia, estarei aqui ainda? Enfim...

Voltando ao nosso bate-papo. Nem sei quantas vezes já li sobre pseudo-heróis ou pessoas extremamente corajosas que gritaram para o mundo inteiro que não tinham medo da morte. Em filmes e livros isso é comum. Super-heróis vendem mais do que pobres coitados sentimentais... Mas será que há pessoas que, realmente, não temem a morte? Que não temem o desconhecido?

O que acontecerá depois que eu não abrir mais os olhos? Virarei vermes ou cinzas como acredito ou meu espírito vagará para sempre nesta Terra? E se me tornar um outro ser vivo? Um panda, por exemplo... sempre gostei de pandas... Mas se me transformar em uma barata, tô fodido... Ou, então, talvez descubra que a sociedade está errada e o Deus certo sempre foi outro: Alá, Zeus ou Rá e, consequentemente, serei punido por ter nascido numa época na qual eles não são mais idolatrados.

Como saber qual o Deus certo e se ele existe? Se você tivesse nascido em 500 a.C., não acha que seria adepto de Cristo, certo? Da mesma maneira, se você tivesse nascido em algum país com grupos extremistas e fosse educado por um grupo terrorista, que orientasse você a se explodir e a matar pessoas em nome de um Deus, não acha mesmo que seu senso de justiça faria você gritar que Jesus é o profeta correto, né? Não ache isso, porque é cretino. Somos moldados pelo meio. Terrorista se vira, não se nasce! Católico, hinduísta ou evangélico não se nasce, "se vira"!

A religião é um costume criado pela sociedade, ainda que decorrente de ensinamentos de deuses ou profetas. Um bebê pode até ser batizado, mas não sabe que é católico até ter idade para começar a entender isso, por meio dos ensinamentos da família, da escola, da Igreja e da sociedade. Veja, não estou criticando nada, estou somente dizendo o óbvio. Ou você acha que um pequeno Tarzan abandonado na floresta com alguns meses de vida, sem contato com qualquer comunidade, irá começar a rezar o "pai-nosso" enquanto se defende dos tigres? Não irá e não há nenhuma crítica quanto a isso. Não quer dizer que Deus não exista, mas apenas que a religião não é um atributo inato, mas um costume criado e repassado pela própria sociedade.

Pessoalmente, acredito que virarei vermes — igual um avestruz. Ninguém pensa que um avestruz vai para o paraíso dos avestruzes, sinceramente — mas não tenho a mínima certeza sobre isso, assim como ninguém, em sã consciência, deveria ter.[40]

Sempre foi fácil especular quando não via a morte no fim do túnel. Parecia tão distante! Às vezes, sentia-me imortal... Quando o túnel está chegando ao fim, contudo, a certeza se torna incerteza. O medo se torna pavor. Desespero.

Sim, estou com medo! Sou fraco. Sou humano.

Talvez tivesse sido melhor morrer de outra forma... mais imediata, digo. Talvez esses "meses-bônus" sejam mais uma punição do que um prêmio. Seria tão mais fácil acabar tudo sem tanto tempo para pensar sobre tantos assuntos... sem tantas incertezas...

---

40 Aqui estou tratando do "paraíso", mas, claro, há religiões, como o espiritismo, que defendem que os animais possuem alma.

Estou cada dia mais fraco e patético. Tudo dói. Pareço minha avó que reclamava de dor nas costas a cada cinco minutos, só que minha dor é generalizada. E maior, creio. As cores estão se tornando cinzas. A cabeça virou "impensante". Não sei se existe essa palavra. O raciocínio virou esporádico. Em certos dias, penso bem; em outros, não penso. Talvez seja um bem.

Há uma frase da qual gosto muito, de Rita Levi-Montalcini, que diz: "Perdi um pouco da visão e perdi muita audição. Mas penso mais hoje do que quando tinha vinte anos. O corpo faça o que quiser. Eu não sou o corpo: eu sou a mente".

Sempre imaginei algo assim para mim no futuro: menos corpo; mais maturidade e raciocínio. Só que agora que estou doente, não terei mais um futuro, nem meu corpo nem minha mente funcionam.

A verdade é que acabou. Os vômitos, de comida e de sangue, viraram comuns. O corpo não para de doer. "É a quimioterapia", disseram. Mas não acredito. Aliás, não me importa. Seja isso ou seja o câncer transformando-se em um monstrinho do tamanho de uma melancia, não me importo. O que muda?

Vou morrer. Acabou. Vou sumir. Vou desaparecer. Vou ser apagado. Vou morrer.

O quanto antes, melhor...

———

Goiânia: meu apartamento. 18 de novembro de 2022.
Será que foi sensato começar a escrever este livro com essa pseudovida que estou levando? Ando desanimado. Ando irracional. Vou tentar me esforçar mais.

A estratégia, os riscos e os imprevistos

A Kodak foi um ícone,
Da era analógica e do filme fotográfico.
Mas o tempo não para,
E a tecnologia não retrocede.

A Kodak capturou momentos,
Eternizou sorrisos e emoções.
Mas a Kodak não soube mudar,
Não soube acompanhar a evolução.

A era digital chegou,
E a Kodak ficou para trás.
Seu fim foi triste e melancólico,
Uma história que chegou ao fim.

Mas a Kodak deixou um legado,
De momentos e lembranças guardadas.
E mesmo que tenha se despedaçado,
Sua memória nunca será apagada.

A Kodak pode ter morrido,
Mas suas imagens permanecem vivas.
E assim, sua história segue,
Como um retrato da nossa vida.

Goiânia: *meu apartamento. 3 de dezembro de 2022.*

Infelizmente, poesia nunca foi meu forte. Não escrevi o texto acima, foi o ChatGPT, um algoritmo baseado em inteligência artificial que está revolucionando o mundo, elaborado pela OpenAI.

"Mas o que isso tem a ver com o livro? Ficou com preguiça de escrever?" Calma, você já vai entender.

A Kodak foi uma empresa norte-americana gigantesca que, após ter sido fundada na década de 1880, dominou mundialmente o mercado fotográfico por cerca de um século.

Em 1900, a empresa já tinha vendido mais de cem mil câmeras, popularizando e democratizando a prática da fotografia que, antes disso, era considerada um *hobby* de ricos.

Décadas depois, já em 1975, um engenheiro da Kodak chamado Steve Sasson criou o que viria a ser a primeira câmera digital, com fotos de até 0,1 *megapixel*.

O futuro da empresa parecia brilhante e o crescimento contínuo, mais do que algo esperado, parecia certo.

Não foi.

O protótipo da câmera digital mencionada não foi aceito pelos chefes da empresa (era caro!). Com a nova tecnologia que dominou o mercado, a Kodak entrou em um declínio irreparável até que, em 2012, pediu falência.

Perceba: a maior empresa de fotografias do mundo "morreu" em uma época na qual seu mercado apenas crescia e na qual tirar fotos se tornou mais importante do que vivenciar os momentos.

Como? Foram incompetentes? Onde erraram?

Hoje, analisando a situação, é fácil perceber que o declínio da empresa decorreu da falta de inovação, do medo de assumir riscos e da ausência de planejamento adequado.

Parece óbvio, décadas depois (aliás, o passado, visto pelo futuro, muitas vezes, parece), mas a Kodak não conseguiu entender a velocidade do avanço da tecnologia e não soube se reinventar. Falhou em sua estratégia e em sua análise de riscos e não percebeu que o ótimo de hoje pode se transformar em péssimo amanhã.

E, claro, esse é apenas um exemplo. Temos inúmeras empresas que trilharam o mesmo caminho.

Em contraste, temos o exemplo da empresa californiana que citei no começo do capítulo, a OpenAI, que, como dito, com o ChatGPT, está explorando um mundo ainda pouco conhecido: o da inteligência artificial.

A empresa, com sede na Califórnia, mais precisamente em San Francisco, considerada uma das mais promissoras da atualidade — nada impede que, a depender de quando você estiver lendo isso, a firma nem exista mais, caso cometa erros parecidos com os da Kodak —, soube encontrar oportunidade em um mundo promissor e no qual poucos tiveram capacidade de ingressar com tanta sagacidade.

Planejou-se por meio de uma estratégia clara, assumiu os riscos e foi, com a cara e a coragem, no empreendimento. Até o momento, é um grande sucesso.

Quis contrapor a Kodak e a OpenAI com o objetivo de explicar que o sucesso passa, direta e indiretamente, pela necessidade de:

1. montarmos uma estratégia — um planejamento — bem definida;
2. colocarmos em xeque, com frequência, nossa posição, aceitando que sempre somos melhoráveis, que o bom pode ficar melhor ainda e que o novo, com rapidez, transforma-se em velho;
3. assumirmos riscos razoáveis — às vezes, é necessário (não é dar *all in*; é lidar com riscos calculados, em decorrência de uma boa estratégia);
4. nos organizarmos para podermos lidar com imprevistos.

A situação da Kodak resume uma ideia básica e importantíssima: temos uma dificuldade impressionante em entendermos que as coisas mudam com uma frequência assustadora. A história que o diga: quantos impérios que pareciam indestrutíveis e eternos sentiram isso em sua pele?

Niall Ferguson, ao escrever seu livro *Civilização: Ocidente x Oriente*,[41] visando exemplificar a estagnação da China no passado, a contrapôs à Inglaterra do século XV, apontando que, naquela época, a civilização oriental era extremamente mais desenvolvida: Londres, em comparação a Nanquim, mal podia ser chamada de cidade, até em decorrência do surto de peste negra que havia reduzido a população a apenas quarenta mil pessoas, com expectativa de vida de meros vinte anos. Ainda, na capital europeia, o tifo, a disenteria, a varíola, a falta de sistema de esgoto, as guerras com a França, entre outros fatores, levariam a crer que o Oriente, quinhentos anos depois, se tornaria o "centro do mundo", e não o contrário. Contudo a civilização chinesa parou no tempo e estagnou seu crescimento enquanto o Ocidente dominou o mundo por diversos séculos: por quê?

De acordo com o autor, a Europa, continente totalmente fragmentado — diferentemente do Estado chinês —, gerou competição entre os países, que possibilitou conquistas ultramarinas e competição tecnológica, resultando, por exemplo, no imperialismo e na submissão dos nativos americanos aos europeus.

Ferguson cita, ainda, outros fatores que possibilitaram o crescimento exponencial do Ocidente em detrimento do Oriente, como o incentivo à ciência, os direitos de propriedade pautados no pensamento de John Locke, a evolução da medicina, o nascimento das sociedades de consumo e os valores trabalhistas.[42]

---

41 FERGUSON, Niall. *Civilização: Ocidente x Oriente*. 2. ed., São Paulo: Planeta, 2016.
42 Claramente, existem outros fatores, como os geográficos e os sociais, mencionados, entre outros, por Jared Diamond, Daron Acemoglu e James A. Robinson, em suas obras citadas no decorrer deste singelo livro.

O autor resume muito bem o assunto da seguinte maneira: "serve como alerta de que nenhuma civilização, não importa quão poderosa pareça ser, é indestrutível".

Hoje podemos nos perguntar, por exemplo, se a hegemonia norte-americana durará no futuro ou se o Oriente — que se reconstruiu completamente e passou a adotar diversos costumes e ideais ocidentais — prevalecerá a médio ou a longo prazo.

Considerando que este não é um livro de história, não vou me delongar mais. O cerne do que quero que você entenda é que as ideias apresentadas aqui possuem repercussões em nossas vidas, inclusive no âmbito pessoal e interpessoal: as coisas e as pessoas mudam, o certo não é tão certo, o que ocorre hoje, possivelmente, não ocorrerá amanhã, por mais óbvio que possa parecer.

Neste momento, sua vida pode estar ótima, mas amanhã uma doença pode, em questão de dias, destruí-la (eu que o diga); um novo surto de pandemia pode te obrigar a fechar sua empresa e a rever suas estratégias. Poderíamos continuar com exemplos pouco felizes, mas não é necessário. Na verdade, existem infinitas possibilidades de ocorrerem eventos inesperados capazes de abalar nossos alicerces. A vida não é justa, lembra?

Isso não é ser pessimista, é ser realista; há uma grande diferença entre os dois.

Claro, há também a possibilidade de ocorrer algum evento inesperado e altamente positivo, que altere, em um piscar de olhos, sua vida e a sociedade para melhor.

E existem também os fatores que trarão alegria para alguns e desespero para outros. O avanço exponencial da tecnologia, à guisa de exemplo, inevitavelmente gerará benefícios enormes para certas pessoas e problemas trágicos para outras, diante da "destruição criativa" — a substituição do velho pelo novo.[43]

---

[43] Termo utilizado por Daron Acemoglu e James A. Robinson em obra já citada anteriorment. p. 94

Você pode gostar ou não, mas o presente já é tecnologia. Não vivemos mais sem ela, ainda que tenhamos que conviver com algumas consequências negativas. Os luditas, feliz ou infelizmente, não vencerão! Você está pronto(a) para isso?

Prepare-se para imprevistos e evolua sempre. A vida é evolução e adaptação, afinal.

A seguir, explicarei o que penso sobre o assunto.

Estratégia

"
*Se eu tivesse oito horas para cortar uma árvore,
passaria seis afiando meu machado."*
Abraham Lincoln

Goiânia: meu apartamento. 4 de dezembro de 2022.

Paulo e Ricardo são bacharéis em direito, desde 2012. Paulo sempre foi um aluno brilhante, mas, mesmo estudando há seis anos, não consegue ser aprovado em concurso público e presta "tudo que aparece". Ricardo, menos inteligente, mas mais persistente, por outro lado, formou-se e definiu que queria ser delegado de polícia. Focou nisso. Tomou posse do cargo em 2014.

Qual a diferença entre Paulo e Ricardo? Estratégia, claro! Paulo não montou um plano específico para alcançar sua meta e, mesmo sendo muito inteligente, não soube definir suas prioridades. Assim, perdeu muito tempo com fatores superficiais, em vez de gastá-lo em atividades essenciais.

Em contrapartida, Ricardo, mesmo não sendo tão brilhante, planejou-se de forma adequada, definiu previamente seu objetivo, montou cronogramas de estudo, ajustou por quais materiais iria absorver o conhecimento, focou em um concurso público específico e não perdeu tempo estudando matérias que iriam ser cobradas apenas em outros certames. Assim, obteve o sucesso.

Da minha parte, não tenho dúvidas em apontar que estratégia e organização foram os pilares da minha vida acadêmica e, posteriormente, profissional. Sem eles, jamais teria dado certo.

Só que a estratégia passa, necessariamente, por outro ponto que temos muita dificuldade em entender: às vezes, "o que a gente não faz é tão importante quanto o que a gente faz".[44] Como disse Michael Porter, professor da Harvard Business School: "estratégia é fazer escolhas. É abrir mão".

O maior problema é que, na busca desenfreada pelo sucesso, acabamos querendo fazer tudo, sem conseguirmos focar no que realmente é importante para nós. Mas o dia tem apenas vinte e quatro horas, meu(minha) amigo(a) — olvidamos isso com frequência!

Mark Manson, em seu best-seller A sutil arte de ligar o f*da-se, dá uma dica valiosa sobre o que podemos chamar de essencialismo (focar no essencial): "O segredo para uma vida melhor não é precisar de mais coisas; é se importar com menos, e apenas com o que é verdadeiro, imediato e importante".[45]

Se o tempo é limitado e as atividades possíveis são ilimitadas, infelizmente, algo tem que ficar de fora. É a aplicação da teoria da reserva do possível no planejamento individual.[46]

Já passei por uma fase, quando tinha saúde, na qual cada dia inventava uma nova atividade em minha vida: inglês, espanhol, estudar, fazer uma pós, três esportes, ser ótimo pai, ser o melhor profissional do mundo, e por aí vai.

Ansioso por natureza, demorei para entender que, ao tentar fazer tudo, não conseguia fazer nada.

Estava deixando de lado o que realmente importava: família, saúde e lazer, para fazer coisas desimportantes como querer ler três livros por mês sem sequer saboreá-los.

Lembro que, ao final de cada ano, anotava meus objetivos para o novo ciclo. Quando mais novo, a lista era imensa:

---

44 BUFFETT, Mary; CLARK, David. O tao de Warren Buffett. Rio de Janeiro: Sextante, 2007, p. 68.
45 MANSON, Mark. Op. cit., 2017, p. 10.
46 A teoria da reserva do possível, de origem alemã, é aplicada no âmbito jurídico como forma de limitar a responsabilidade estatal que, não raras vezes, diante da falta de recursos econômicos, alega-a como forma de se esquivar de suas obrigações constitucionais.

emagrecer (este nunca faltava), ganhar dinheiro, ler oitocentos livros, estudar vinte e sete assuntos, viajar para dez novos lugares etc.

No final, fazia tudo mais ou menos, e a frustração, inevitavelmente, dominava-me.

Além disso, objetivos tão amplos como "quero emagrecer" ou "quero ficar menos estressado" são perigosos, por serem abstratos demais. O ideal, ao montar estratégias, é estipular metas tangíveis como "vou perder dois quilos em trinta dias" e "vou fazer meditação diária para reduzir o estresse". Com isso, fica mais fácil ter o controle sobre a meta e montar o planejamento para alcançá-la.

Voltando: após anos apanhando, decidi começar a focar em poucas coisas ao mesmo tempo. Dessa maneira, minha produtividade e minha qualidade melhoraram. Minha saúde também. Menos loucura significa menos estresse; menos estresse gera mais calma e melhores resultados.

Assim, minhas metas se tornaram mais escassas. A quantidade cedeu lugar à qualidade.

Segui a dica de Stephen R. Covey: "O principal é manter o principal como principal".[47]

Também, é muito importante que, ao se definir uma estratégia, a gente seja realista: o sonho precisa ser realizável. Pode-se até sonhar algo gigantesco — gosto da frase de Jorge Paulo Lemann: "sonhar grande ou sonhar pequeno dá o mesmo trabalho" —,

---

47 COVEY, Stephen R.; MERRILL, Roger; MERRILL Rebecca. *Primeiro o mais importante*. Rio de Janeiro: Campus, 2003.

mas é necessário ter ciência de que o objetivo é composto por muitos degraus e não é possível superá-los todos de uma vez.

Por isso, o "planejamento macro" precisa ser subdividido em diversos "planejamentos micros", que devem ser revistos com frequência para serem adaptados às novas circunstâncias.

À guisa de exemplo: se meu objetivo final é emagrecer vinte quilos (planejamento macro), vou correr e malhar todo dia para perder três quilos por mês (planejamento micro).

Foi o que fiz quando estudei para concursos públicos: montei uma estratégia final (aprovação) e muitas semestrais, mensais e semanais sobre o que e como estudar e o que deixar de fazer. Periodicamente, revisava-as e as moldava de acordo com minhas necessidades.

Resumindo: é necessário, em um primeiro momento, definir claramente um objetivo a ser alcançado, decidir quais são as atividades imprescindíveis e das quais não é possível abrir mão e, em um segundo momento, pautado nisso, montar um planejamento, deixando de lado atividades triviais que tomam tempo precioso — um dos nossos maiores bens, mormente em uma sociedade tão corrida e louca como esta em que vivemos.

Em tese, é relativamente simples:

1. defina um objetivo;
2. decida, de forma responsável, acerca de atividades que, mesmo não sendo consideradas "o objetivo final", não podem ser deixadas de lado em sua vida (ex: as relacionadas com bem-estar, família, entre outras);
3. delibere conscientemente sobre outras atividades que podem ser postas de lado naquele momento;
4. elabore uma "estratégia macro", minuciosamente pensada visando alcançar o objetivo final;

5. Monte diversas "estratégias micro" para pequenos espaços temporais e as reveja, sempre que possível, visando adaptá-las à realidade.

No final, o esforço é recompensado. De uma forma ou de outra.

Riscos

> "
> *Arrisque-se! Toda vida é um risco. O homem que vai mais longe é geralmente aquele que está disposto a fazer e a ousar. O barco da "segurança" nunca vai muito além da margem."*
> Dale Carnegie

> "
> *O conformismo é carcereiro da liberdade e o inimigo do crescimento."*
> John Kennedy

Goiânia: meu apartamento. 6 de dezembro de 2022.
Era 1º de dezembro de 1955, em Montgomery, Alabama, quando um corajoso "não", de Rosa Louis e McCauley, mulher negra — mais conhecida como Rosa Parks —, ao ser determinado que cedesse seu lugar, em um ônibus, para uma pessoa branca, mudou para sempre a história do mundo e serviu de estopim para a luta antissegregacionista.

Na época, a corajosíssima Rosa foi contrária a uma lei preconceituosa do preconceituosíssimo Estado do Alabama, que determinava que negros não podiam se sentar nos mesmos lugares dos brancos no ônibus e que, se o veículo estivesse lotado, uma pessoa negra deveria se levantar e ceder seu lugar para uma branca se sentar.

No fatídico dia, após vivenciar uma jornada exaustiva de intenso trabalho, enquanto voltava para casa, em um ônibus lotado, Rosa foi ordenada a se levantar.

Contrariada e esgotada com a situação, nossa heroína negou-se e, em decorrência de sua atitude, foi presa, dando início a um movimento pelos direitos civis que, trezentos e oitenta e cinco dias depois, culminou na decisão da Suprema Corte dos Estados Unidos, que proibiu a segregação dentro dos ônibus.

Para Rosa, ficar calada perante uma situação insustentável não era mais uma opção.

Poderia permanecer centenas de páginas escrevendo sobre a posterior atuação de uma das personagens que mais me marcaram na vida, Martin Luther King Jr., de como o racismo foi, em pequena parte, "superado", mas de como continua, infelizmente, impregnado na nossa sociedade. Tenho tanta coisa a dizer sobre o assunto... Contudo não é o caso. Aqui, o intuito é utilizar a história de luta de Rosa Parks como forma de explicar que arriscar é fundamental para alcançarmos nossos objetivos.

Entretanto não posso deixar de citar, ainda que brevemente, parte do discurso proferido por Martin Luther King Jr., em 28 de agosto de 1963 (quase seis anos após a prisão de Rosa). Não posso porque é lindo demais e porque, nostalgicamente, lembro de quando o li pela primeira vez, em um romance fantástico de Ken Follett (um dos meus escritores preferidos).[48] Segue aí:

> [...] *Digo-lhes hoje, meus amigos, que, apesar das dificuldades e frustrações do momento, eu ainda tenho um sonho. É um sonho profundamente enraizado no sonho americano.*
>
> *Eu tenho um sonho que um dia essa nação levantar-se-á e viverá o verdadeiro significado da sua crença: "Consideramos essas verdades como autoevidentes que todos os homens são criados iguais".*
>
> *Eu tenho um sonho que um dia, nas montanhas rubras da Geórgia, os filhos dos descendentes de escravos e os filhos dos descendentes de donos*

---

48 FOLLETT, Ken. *Eternidade por um fio*. São Paulo: Arqueiro, 2014.

de escravos poderão sentar-se juntos à mesa da fraternidade.

Eu tenho um sonho que um dia mesmo o estado do Mississippi, um estado desértico sufocado pelo calor da injustiça, e sufocado pelo calor da opressão, será transformado num oásis de liberdade e justiça.
Eu tenho um sonho que meus quatro pequenos filhos um dia viverão em uma nação onde não serão julgados pela cor da pele, mas pelo conteúdo do seu caráter. Eu tenho um sonho hoje.
Eu tenho um sonho que um dia o estado do Alabama, com seus racistas cruéis, cujo governador cospe palavras de "interposição" e "anulação", um dia bem lá no Alabama meninos negros e meninas negras possam dar-se as mãos com meninos brancos e meninas brancas, como irmãs e irmãos. Eu tenho um sonho hoje.
[...]
E quando isso acontecer, quando permitirmos que a liberdade ressoe, quando a deixarmos ressoar de cada vila e cada lugar, de cada estado e cada cidade, seremos capazes de fazer chegar mais rápido o dia em que todos os filhos de Deus, negros e brancos, judeus e gentios, protestantes e católicos, poderão dar-se as mãos e cantar as palavras da antiga canção espiritual negra:
Finalmente livres! Finalmente livres! [...]

Maravilhoso.
Voltando ao nosso tema: às vezes, arriscar é necessário para que objetivos sejam alcançados.

Às vezes, sair da zona de conforto é preciso!

O problema é que a zona de conforto é quente e muito acolhedora, e o que tem lá fora — a montanha a ser escalada até a concretização do objetivo — é fria e desagradável. Pagar o preço para realizar nosso sonho não é fácil... Mas, como eu disse no início do livro, quem disse que a vida é?

Max Gunther, em seu livro de sucesso Os axiomas de Zurique, apontou: "Sabem (os suíços) que é possível a uma pessoa reduzir ao mínimo os riscos que corre, mas também sabem que, se fizer isso, tal pessoa estará abandonando toda a esperança de vir a ser algo além de um rosto na multidão".[49]

Destaca-se exige luta. É por meio do desconforto que saímos da nossa zona de conforto e alcançamos nossos objetivos.

Se você quiser pensar apenas no prazer instantâneo e no que está te deixando feliz naquele momento, dificilmente atingirá suas metas. Como bem apontou Mark Manson, "o prazer é um falso Deus".[50]

Lembro-me de quando, em 2016, era delegado de polícia e decidi estudar para o concurso dos meus sonhos: promotor de justiça. Na época, ganhava bem — muito mais do que a maioria das pessoas entre vinte e quatro e vinte e sete anos — e tinha um cargo que me possibilitaria viver realizado até minha aposentadoria. Contudo o sonho estava lá. Decidi arriscar: minha carreira, já que não é visto com bons olhos por muitos colegas o fato de querer um novo cargo; minha sanidade mental, já que trabalhar oito horas fixas por dia mais plantões noturnos, em finais de semana, operações de madrugada, entre outras atribuições,

---

49 GUNTHER, Max. Op. cit., 2019, p. 9.
50 MANSON, Mark. Op. cit., 2017, p. 67

quando somadas a estudos, consubstanciam-se em missão árdua para a paz interior de qualquer pessoa; minha juventude, já que, mesmo ganhando, pela primeira vez na vida, meu próprio dinheiro, não haveria onde gastá-lo, considerando que passaria as férias em cima dos livros. Hoje, às vezes, pergunto-me: "E se tivesse demorado seis anos para passar? O que teria feito?".

Mas ter medo de novas aventuras nunca foi meu forte. Arregacei as mangas, arrisquei grande parte do que tinha e fui em busca do meu sonho. Olhando para trás, hoje, pareceu tudo tão difícil, só que, na verdade, foi bem mais. Valeu a pena, isso que importa. Arriscar é preciso.

Veja bem, se aceitar riscos calculados é fundamental, essa mesma premissa não pode ser dita quando os riscos podem te levar a perdas prejudiciais. Arriscar de forma racional é diferente de dar *all in* sem ter boas cartas. O risco não pode levar você à falência — seja ela financeira, sentimental, familiar, entre outras.

Morgan Housel, sobre o assunto, foi extremamente preciso ao exemplificar o risco da perda: "A probabilidade está a seu favor na roleta-russa, mas o lado negativo não compensa o potencial positivo. Não há margem de segurança capaz de compensar esse risco".[51]

Você pode pensar que o exemplo dado é extremo, pois a perda, nesse caso, é da própria vida. Mas, na verdade, podemos aplicar o raciocínio para quase qualquer coisa que seja importante para nós. A vontade de alcançar um objetivo, por maior que seja, não pode compensar o risco da perda.

---

51 HOUSEL, Morgan. *A psicologia financeira: lições atemporais sobre fortuna, ganância e felicidades*. 1. ed., Rio de Janeiro: HarperCollins, 2021, p. 151.

Se você ganha dez mil reais por mês, como autônomo, pensa que, em breve, conseguirá aumentar seu salário, e decide fazer um financiamento para comprar um imóvel promissor, em um lançamento imperdível, com parcelas no valor de seis mil reais mensais, você está claramente colocando em risco seu patrimônio, pois, se ocorrer qualquer coisa errada — com seu aumento, com o imóvel, com uma emergência familiar etc. — você, provavelmente, encontrará sua ruína.

Se você é casado e tem uma linda família e decide arriscar tudo para sair com uma mulher de forma escondida, precisa saber que pode jogar seu casamento e a felicidade dos seus filhos aos ares, caso seja descoberto ou se um dia passar a sentir remorso.

Poderia continuar com milhares de exemplos. O fato é: para alcançarmos nossos objetivos, é necessário, às vezes, arriscar, de forma racional e razoável; contudo, caso a possível derrota gere a perda de algo fundamental em sua vida, melhor do que arriscar, muitas vezes, é se satisfazer com o que já se tem.

Nenhum risco vale a pena se colocar em perigo sua felicidade.

Imprevistos

> "
> *Carpe diem, quam minimum credula postero."*
> [Aproveite o dia e confie o menos possível no amanhã].

> "
> *Risco é aquilo que sobra quando você acha que já pensou em tudo."*
> CARL RICHARDS

> "
> *A lição correta a ser extraída com as surpresas é que o mundo é surpreendente. Não que devemos usar as surpresas do passado como guia para os limites do futuro, mas que devemos usar as surpresas do passado para admitir que não temos a menor ideia do que pode acontecer no futuro."*
> MORGAN HOUSEL

Goiânia: meu apartamento. 8 de dezembro de 2022.

"Imprevisto" pode ser conceituado como um acontecimento em nossas vidas que, por algum motivo, não foi calculado com antecedência.

    Neste capítulo, quero abordar os imprevistos no âmbito do planejamento. Assim, "imprevistos" serão analisados como situações cuja ocorrência deve ser levada em consideração — pelo menos em parte — quando da elaboração de uma estratégia.

    Que fique claro: não estou dizendo que todos os imprevistos são previsíveis, obviamente (o próprio nome deixa claro isso). Existem situações, positivas ou negativas, que simplesmente não podem ser calculadas com antecedência (Nassim Nicholas Taleb denomina tais acontecimentos de "cisnes negros" —

eventos imprevisíveis e raros que têm um impacto significativo nas pessoas e na sociedade).[52,53]

Assim, o ponto de partida é entender que, infelizmente, não podemos controlar tudo que ocorre ao nosso redor. Logo, por nos faltar o controle sobre todas as situações, deveríamos aprender a lidar de forma mais madura com os aborrecimentos que delas decorrem. Deveríamos ficar calmos e superar o problema que, na verdade, muitas vezes, não é a nós imputável.

Mas não é isso que acontece. Considerando nossa enorme propensão a não aceitarmos os imprevistos em nossas vidas — que, às vezes, nem tão imprevistos são —, nos estressamos quando eles ocorrem. Mais do que isso, ficamos literalmente loucos com nossa impotência!

Logo, um primeiro passo para "sobreviver" de forma melhor aos imprevistos é entender que não podemos controlar tudo. Porém podemos minimizar os efeitos de não poder controlar tudo.

Como?

Ao elaborar a estratégia para o objetivo, é necessário deixar uma margem livre para os imprevistos que podem ocorrer. Assim, com certeza, é possível evitar muitos aborrecimentos.

Lembro — como já explanei anteriormente — quando estudava para concursos e tinha uma vida totalmente pré-organizada semanalmente, com metas definidas de forma rígida, sem deixar tempos para empecilhos inesperados.

Só que toda semana ocorria algo: era o pneu do carro que furava; um problema com o banco; uma visita inesperada de amigos... Tudo me gerava um imenso estresse pelo simples fato de que não existia, na minha agenda semanal, nenhum espaço para resolver tais situações, quaisquer que fossem.

---

52 TALEB, Nassim Nicholas. *A lógica do cisne negro*. Rio de Janeiro: Objetiva, 2021.
53 TALEB, Nassin Nicholas. *Anti-frágil*: coisas que beneficiam com o caos. Rio de Janeiro: Objetiva, 2021. p. 12 e 13.

Queria que tudo acontecesse da forma que eu tinha planejado, mas nunca acontecia.

E isso é bem óbvio, se pensar racionalmente. Mesmo se eu fosse para uma casinha nas montanhas da Noruega para estudar sozinho e sem celular, ainda assim algo poderia sair errado: poderia pegar um resfriado que me derrotaria por alguns dias, ter um problema ao ingressar no país, entre mil outras situações desafiadoras.

O certo nem sempre é certo. Não há como prevermos todas as possíveis variáveis no jogo da vida.

Se não partirmos do pressuposto de que nem tudo é controlável e não nos organizarmos para possíveis situações inesperadas, quando sair algo errado, ficaremos extremamente frustrados. O mundo cairá. Aborreceremos. Nos sentiremos impotentes.

Reafirmo, ainda que o planejamento deixe espaços livres para resolver situações inesperadas, obviamente, algumas irão nos desestabilizar, por serem demasiadamente graves. Não adianta eu deixar "horários vagos" para empecilhos que, se meu filho tiver que ser operado, minha estratégia, pelo menos por um tempo, será posta de lado. Do mesmo modo, se durante o treino eu romper um ligamento do joelho, obviamente, meu planejamento cairá por terra por algumas semanas ou meses.

Nesse caso, não desanimar e retornar o quanto antes para a meta é a forma mais sábia e inteligente de resolver o problema.

Mas, na maioria dos outros casos — imprevistos "superáveis" —, deixar um tempo livre na agenda para resolver o inesperado, mais do que importante, é fundamental para evitar aborrecimentos e concretizar de forma eficiente o objetivo almejado.

Além de os riscos e imprevistos poderem ser, pelo menos em parte, "antecipados", é imprescindível que entendamos um raciocínio que dói muito: não é porque uma situação está ocorrendo de uma maneira que, obrigatoriamente, continuará a ocorrer de modo igual.

Somos acostumados a ver o futuro rosa, em harmonia e com pepitas de ouro caindo do céu, mas, não raras vezes, a realidade é diferente.

A verdade é que o que está ocorrendo hoje não acontecerá, obrigatoriamente, amanhã, por mais que seja provável. Scott Sagan, professor de Stanford, sobre o assunto, aduziu que "coisas que nunca aconteceram acontecem o tempo todo".

Touché!

Quantas pessoas alcançam objetivos e, tempos depois, perdem tudo?

Como disse Bill Gates, "o sucesso é um péssimo professor. Ele faz pessoas inteligentes acreditarem que não vão perder nunca". E elas realmente acreditam...

Obviamente, não estou dizendo que as pessoas precisam viver com paranoias pensando que tudo vai dar errado. Mas, mesmo sendo otimista, é possível ser realista.

Em 1976, quando tinha apenas vinte e um anos, Steve Jobs, uma das pessoas mais brilhantes dos nossos tempos, fundou a Apple Inc.

Em 1984, o jovem gênio lançou o computador Macintosh, que, após ter ficado famoso, começou a despencar nas vendas.

Um ano antes, porém, John Sculley tinha sido contratado para ser o CEO da empresa e, em 1985, Jobs foi praticamente "demitido" da Apple, tendo permanecido por doze anos longe da firma.

Em 1997, ele retornou. Com sua célebre frase *"stay hungry, stay foolish"*,[54] conquistou o mundo!

O resto é história!

---

54 Em português: "continue faminto, continue tolo".

Se até para Steve Jobs as coisas mudaram de forma repentina após ter sido o responsável pela criação de uma empresa, imagine para nós, "comuns mortais".

Deveríamos sempre nos planejar levando em conta a possível ocorrência de imprevistos, na verdade. Só que não é isso que fazemos. Quando alcançamos o topo da montanha, nos esquecemos que, por mil razões, podemos escorregar se não tomarmos cuidado. E se a montanha for alta, a queda também será...

Pat Riley, ex-técnico dos Lakers, denominou a situação da pessoa que alcança um objetivo e passa a se acomodar de "doença do eu", que ocorre quando o indivíduo, após chegar ao sucesso, pensa que ele mesmo é o sucesso, esquecendo da disciplina e do trabalho que o levaram até lá.[55]

Max Gunther, do mesmo modo, trata da "armadilha do historiador",

> um tipo essencial de ilusão de ordem. Baseia-se na crença, antiquíssima e totalmente sem fundamento, de que a história se repete. [...] O comportamento do ser humano não é previsível [...]. Não é assim que a banda toca. Não caia nessa. Às vezes a história se repete, é verdade; com grande frequência, porém, isso não acontece.[56]

Quantas pessoas você conhece que, após ganhar um dinheiro, gastaram tudo com carros e festas e se tornaram pobres tempos depois? Quantas pessoas alcançam o emprego dos sonhos e são

---

[55] RILEY, Pat. *The Winner Within*. Nova York: Putnam, 1993.
[56] GUNTHER, Max. Op. cit., 2019, pp. 73 e 99.

demitidas após não terem conseguido se organizar? Quantas coisas improváveis acontecem e desestabilizam as pessoas?

Mas aí você vai se perguntar: "Giovanni, seu fanfarrão, você tinha se preparado para ter câncer?". Em parte, simpático(a) amigo(a)!

Obviamente, fui pego de surpresa, entrei em pânico, revi minhas prioridades e tudo caiu por terra. Nesse sentido, não, não tinha montado um plano psicológico para tanto, até porque ninguém, sem algum motivo, pensa morrer jovem. Contudo tinha um plano financeiro. Ao montar minha estratégia para o futuro, sopesei riscos e não fui pego totalmente desprevenido. Tenho seguro para doenças graves e tenho plano de saúde. Não precisarei torrar a mísera herança que deixarei a meu filho para que tente alcançar seus objetivos.

O raciocínio apresentado pode ser aplicado para quase todas as situações.

Assim, tanto quando for montar uma estratégia para o futuro como quando já tiver alcançado um objetivo, é fundamental que você se proteja contra os imprevistos que podem aparecer no caminho.

Com isso, você minimiza expressivamente as chances de o azar te surpreender.

Um escalador, ao escalar uma montanha, não se garante com equipamentos de segurança? Por que você, ao viver a vida, não deveria também fazê-lo?

Finalizo o capítulo com uma das frases mais inteligentes que li nos últimos anos: "A parte mais importante de um plano é ter um plano para quando o plano não estiver saindo de acordo com o plano".[57]

Pense sobre!

---

[57] HOUSEL, Morgan. Op. cit., p. 143.

Minha estrada

Goiânia: *meu apartamento. 10 de dezembro de 2022.*
"Pareidolia", disse minha mãe ao apontar as nuvens.
"*Paredo cosa?*" (Em italiano. Em português, equivaleria a "paredo o quê?"), perguntei.
"Pareidolia é quando nosso cérebro tenta ver imagens nas nuvens ou em outros objetos. Olha, Gio: aquela nuvem não parece um dragão?"

Esse diálogo nunca mais saiu da minha cabeça e ocorreu meses antes da morte da minha querida mãe. Ela já usava peruca por causa da quimioterapia, mas mantinha viva a vontade de passar a maior quantidade de tempo possível comigo e com meu irmão, e de nos ensinar um pouco sobre a vida.

Será que ela antevia que morreria em breve? Creio que sim. Era inteligente e perspicaz.

Às vezes, mesmo transcorridas décadas, me pego pensando nela.

Não me lembro de muita coisa, mas me recordo do abraço forte e caloroso, da alegria que se concretizava com seu contínuo sorriso no rosto e do tanto que era ruim para fazer comida. Quantas risadas a gente dava!

Nascida em 8 de março, no dia da mulher, ela representava — pelo menos para mim e para meu irmão — tudo o que uma mulher poderia querer ser: linda, divertida, protetora, leal, feliz...

Mas aí veio o fatídico dia 19 de julho de 1998, quando tudo acabou.

O tempo parou para mim, mas não para o resto do mundo.

Minha primeira etapa da vida — inocência — se concluía, com tristeza, antes do que deveria. A segunda fase — aceitação — começava, mesmo não tendo idade para tanto.

Meses depois, as férias escolares tinham acabado. Meu pai estava namorando de novo. A vida continuava.

Em 2001, viemos pela primeira vez para o Brasil. Para passear, nada mais, claro.

Iniciava-se o período de maior reviravolta em minha vida e, provavelmente, o mais complexo.

Em 2002, nos mudamos para nossa nova casa: Minas Gerais, um grande estado do sudeste brasileiro.

Minha adolescência entrava em colapso. A segunda fase da minha vida se findava e a terceira começava: a da mudança.

O problema das mudanças é que, muitas vezes, são repentinas. Não há avisos prévios te preparando para as reviravoltas. Elas vêm do nada, de forma inesperada, te atingindo em cheio e minando suas certezas.

Após, transcorridos diversos anos nos quais conheci inúmeras pessoas e aprendi mais sobre este país maravilhoso — em quase todos os aspectos — e sobre seu povo hospitaleiro, resolvi voar sozinho e saí da casa da minha família, para tentar a sorte em Goiânia, capital do estado de Goiás, no centro-oeste do Brasil, onde ainda me encontro.

Não sabia, mas estava entrando na quarta fase da minha vida: a de amadurecimento.

As dificuldades reais do mundo real — que até então tinham sido ofuscadas pelos meus familiares — começaram.

Aprendi o valor do dinheiro, aprendi que, para ganhá-lo, precisaria me planejar e abdicar de coisas, e aprendi que a vida da selva — embora mais difícil — poderia ser mais gostosa do que a até então vivenciada.

No meio da faculdade, descobri minha vocação para cargos públicos e minha vontade utópica de tentar mudar o mundo, mas descobri também que teria que me naturalizar brasileiro para poder tentar a sorte. Assim, em 2011, um ano antes de terminar os estudos universitários, tornei-me cidadão deste país.

Feito isso, após uma faculdade de muitos estudos e muitos excessos regados a festas e álcool, estava na hora de dar o salto para a realização dos objetivos.

Assim, iniciava-se a quinta etapa da minha vida: a da abdicação, provavelmente a mais difícil e a mais recompensadora.

É complicado querer determinar os momentos na vida de uma pessoa em que uma existência muda irreversivelmente de rumo. A decisão de priorizar minha carreira em detrimento da diversão foi um desses momentos. Tais situações são complicadas de serem enfrentadas, claro, pois o futuro é incerto e, quando o presente se passa, não há como saber se os planos um dia se concretizarão, mas são também necessárias para nosso crescimento. Tais momentos determinarão o rumo de sua vida. Não os desperdice, aproveite-os!

Quanto a mim, ainda na faculdade, tinha sido aprovado em diversos estágios públicos e na prova da OAB. Racionalmente, sabia que não era aquilo que queria para a minha vida.

Deixei de lado muita coisa e comecei meus estudos para o concurso de delegado de polícia do estado de Goiás: meu primeiro concurso público. Tinha acabado de me formar e contava vinte e três anos de idade. Milhares de pessoas concorriam ao cargo; não tinha nenhuma chance, sinceramente.

Quando prestei a primeira fase, após quatro meses de estudo, e me saí muito bem, nem acreditei. Era apenas sorte, tinha certeza. O problema é que, por causa de fraude, a prova foi anulada. Chorei pensando que a sorte não bateria na minha porta novamente.

Focado, arregacei as mangas e decidi estudar mais e melhorar meus pontos fracos. Quando prestei novamente a primeira fase do concurso, aproximadamente um mês depois, minha confiança estava nas estrelas. Passei.

Aí veio a primeira fase do concurso de delegado de polícia do estado do Paraná, meu segundo concurso, que parecia impossível também. Deu certo.

Após meses de provas discursivas e físicas de ambos os certames, tinha conseguido. Parecia impossível, mas nada é para quem sabe abdicar e viver em busca de um objetivo.

Assim, em 2014, aos vinte e quatro anos de idade, imaturo e com muitos defeitos, tornei-me chefe de uma Unidade Policial, com poderes e responsabilidades que, talvez, um rapaz tão novo não devesse e não pudesse ter.

Mas o tempo é um ótimo professor. Apanhei e cresci.

No primeiro ano, tornei-me professor em faculdade e decidi ajudar alunos a buscarem a aprovação em concursos públicos.

O trabalho policial me satisfazia em tudo. Era extremamente feliz. Contudo havia um sonho escondido na gaveta que tentava sair a todo tempo: tornar-me promotor de justiça. Não conseguia parar de pensar nisso, mas, novamente, parecia impossível. O concurso para membro do Ministério Público é um dos mais difíceis do país e, como queria permanecer no meu estado — Goiás —, as possibilidades diminuíam drasticamente.

Por um ano, levei uma vida péssima. Acordava às 6h12 todo dia (colocava dois minutos a mais para não ter a desculpa de acrescentar minutos de sono após o despertador tocar) e começava a estudar logo depois. Às 7h40 parava, tomava banho e ia para a delegacia de polícia. Por volta de meio-dia, voltava para casa e almoçava. Às 12h30, recomeçavam os estudos, até 13h50. Voltava para a unidade policial e lá permanecia até as 18h, quando, mais uma vez, retornava para minha casa e estudava até a noite.

Tomava diariamente quantidades industriais de café. Estava engordando igual um boi em confinamento. Sem esporte, minha saúde piorava a cada dia.

Mas o objetivo estava lá e faria de tudo para alcançá-lo. Inspirava-me em Kant que, séculos antes, possuía uma rotina impecável que cumpriu, diariamente, por trinta anos.[58]

Parece bobeira, mas mirar em pessoas sensacionais nos motiva e nos faz entender que o impossível pode se tornar possível.

Foram meses difíceis. Aí, saiu o edital para o concurso almejado: promotor de justiça do estado de Goiás. Minha confiança estava alta; sabia que era estudioso e possuía facilidade em aprender temas jurídicos.

No final, com cinquenta vagas livres, apenas vinte e cinco candidatos foram aprovados. Eu era um deles, tendo conseguido o sétimo lugar.

O esforço tinha valido a pena!

---

[58] Consta em estudos que Immanuel Kant manteve rotina fixa por quarenta anos, acordando todo dia às 5h para escrever por três horas. Depois, ministrava aulas em faculdade por quatro horas e almoçava sempre no mesmo lugar. No período da tarde, caminhava sempre no mesmo parque. Por isso é visto por muitos como a eficiência em pessoa.

Realizado profissionalmente, começavam as fases do "trabalho" e da "recompensa". Pensando bem, a da "paz interior" também.

Extremamente ansioso e doido para mostrar que era um bom profissional, no começo, exagerei. Passei por problemas graves de saúde, foquei melhorar minha qualidade de vida, emagreci, viajei, trabalhei muito, tive meu filho, Henrique, a melhor pessoa que conheço. Será que um dia ele irá ler este capítulo?

As coisas melhoraram, trabalhava e estudava muito, mas também viajava e descansava.

Fiz novas amizades, perdi outras, conheci minha noiva e construí uma família.

A paz consigo é uma das coisas melhores que um indivíduo pode alcançar. Sem ela, o estresse toma conta.

Sou uma pessoa extremamente grata por minha vida; sou totalmente realizado na maioria das áreas que vivencio diariamente; sou cercado por pessoas maravilhosas.

A vida me deu tudo que precisava. O futuro parecia cada vez melhor.

Vinte e uma horas e vinte e sete minutos do dia 19 de julho de 2022.

Foi quando descobri que iria morrer por causa do câncer. Foi quando descobri que pequenas células tinham mais poder sobre mim do que eu. Foi quando me rendi à minha insignificância.

Irônico — ou nem tanto — ter acontecido exatamente vinte e quatro anos após a morte da minha mãe.

Lembro-me de quase tudo nesse dia. Até dos detalhes, sabe? Parecia que tudo estava normal e feliz. Aliás, com certeza posso dizer que foi meu último dia alegre.

Almocei de forma bem leve, pois estava de dieta. "Sem queijo por uns dias", tinha dito três dias antes a Carol, minha nutricionista.

A tarde também transcorreu de maneira absolutamente normal. Trabalho, audiências, videochamada com meu filho, reuniões, lanche sem queijo e um pouco de meditação para evitar aquele conglomerado de nódulos que atacava minhas costas diariamente.

Ao escovar os dentes, minha boca sangrou muito. Só que, como estava tossindo há alguns dias e considerando que não vi a miniferida que tinha na gengiva, decidi ir ao hospital. Seria mais uma bobeira, claro, mas, depois da pneumonia e do derrame pleural que tive em 2018 — cuja piora decorreu do meu descaso —, qualquer coisa pequena, quando suspeita, me fazia ir ao médico.

No pronto-socorro, após uma atendente me fazer umas perguntas com clara má vontade (com certeza, perguntando-se se uma tossezinha não poderia esperar a manhã seguinte para ser tratada), fui atendido por uma das pessoas que mais odiei na minha vida, embora não tivesse culpa de nada: dr. Luiz Fernando Bernardes.

Conversamos, descobrimos uns amigos em comum, rimos, mas, após ele fazer aquele exame, cujo nome desconheço, no qual a gente tosse e ele "ouve nosso pulmão", vi-o franzindo os olhos. Lembro-me claramente que ele tentou sorrir, mas percebi preocupação. "Lá vem outra pneumonia", pensei.

Fui encaminhado para aquelas máquinas magnéticas que parecem de astronauta. Tudo foi muito rápido. Não me sentia minimamente preocupado; recordo-me disso.

Após, fui chamado pelo médico. Ele estava visivelmente sem graça. Comecei a me sentir desconfortável. Olhei para cima, tentando não o encarar. O relógio na parede marcava vinte e uma horas e vinte e sete minutos.

A partir daí, porém, minha memória não me ajuda mais. Não gritei, não chorei, não bati no médico. Disso, tenho certeza.

Voltei para casa dirigindo, mas não tenho a mínima lembrança disso. Meu cérebro já não respondia.

Ao chegar ao apartamento, minha noiva ainda estava trabalhando. Perguntou-me se tudo tinha dado certo. Como contar que iria morrer em breve? Como narrar que tudo tinha acabado?

Não lembro de muita coisa. Acho que falei que tudo estava bem. Tranquei-me no banheiro e chorei.

Tinha morrido pela primeira vez.

Provavelmente se iniciou a última fase da minha vida, que não possui nome, apenas sombras, escuridão e muito tempo para reflexão pessoal.

Sinto uma sensação constante de alegria pelo que vivi e de tristeza por não poder viver mais.

Mas, por anos, realizei sonhos. Por anos, tive um sorriso constante em meu rosto. Por anos, vivi felicidade. Muitos não têm essa possibilidade.

Como reclamar?

As decisões e a execução das decisões

"
Nada é mais difícil e precioso do que ser capaz de decidir."
NAPOLEÃO BONAPARTE

Goiânia: meu apartamento. 12 de dezembro de 2022.
Estou extremamente satisfeito comigo, querido(a) leitor(a) que já me acompanha há algumas páginas. Nos últimos dias, estou conseguindo escrever quase diariamente, o que pode parecer uma banalidade para você, mas é um enorme passo para mim. Estou melhor, recuperando a esperança. Talvez eu consiga vencer meu inimigo, afinal.

Mas sei que isso não interessa a você e sei que autoelogiar-se é extremamente chato, além de claramente parcial. Irei continuar a escrever bobeiras, então.

Já ouviu falar ou leu algo a respeito da "síndrome da papoula alta"?[59]

Tal termo teve origem na expressão utilizada por Heródoto, no século V a.C., em sua obra *Histórias*. Resumidamente, foi narrado que Periandros, rei de Corinto, enviou um mensageiro para perguntar a Thrasybulus, tirano de Mileto, o que deveria ser feito para comandar a cidade em paz e segurança. O tirano levou o mensageiro para passear em um campo de trigo e, no

---

[59] Em inglês, *tall poppy syndrome*.

decorrer da caminhada, arrancou as espigas mais altas, sem nenhuma explicação. De volta a Corinto, o mensageiro, confuso, explanou a situação para Periandros que, sabiamente, entendeu o que o comandante de Mileto queria dizer: para governar em paz, era preciso eliminar os cidadãos de maior influência na cidade. Ou seja, as espigas mais altas deveriam ser aniquiladas.

Mais recentemente, a "síndrome da papoula alta" assumiu outros contornos: as pessoas que se destacam possuem maior possibilidade de serem criticadas, perseguidas e de sofrerem consequências.

Em poucas palavras, o sucesso, às vezes, acaba gerando um efeito contrário ao pretendido, sendo visto como uma ameaça que deve ser combatida pelos demais. Se você se destaca em excesso, invejosos e inimigos aparecerão. As críticas aumentarão. Os riscos também. Isso é fato.

Considerando que ninguém gosta de ser criticado, de se tornar o foco de ataques e de ter dores de cabeça desnecessárias, o medo da exposição inibe quantidade considerável de pessoas de buscarem o que realmente querem e, consequentemente, de realizarem seus sonhos ou de alcançarem seus objetivos.

Elbert Hubbard, jocosamente, apontou: "para evitar críticas, não faça nada, não diga nada, não seja nada". Parece uma saída para você? Não agir para evitar críticas? O que os outros pensam de você é mais importante do que você pensa sobre si mesmo?

Infelizmente, nós — a população em geral — leva demasiadamente em consideração a opinião alheia — muitas vezes, inclusive, de pessoas que não têm absolutamente nenhuma relação com a situação, não têm competência para opinar sobre o assunto e, pior, que podem ter interesses em jogo diferentes dos nossos.

As redes sociais, mais do que nunca, potencializaram isso. Há pessoas — muitas vezes fracassadas — que passam seu tempo livre palpitando sobre a vida dos outros, deixando, possivelmente, de viver a delas.[60]

Assim, é fundamental entender que, se as consequências da tomada de decisão recaem sobre você, nada mais sensato que você tenha a palavra final sobre decidir ou não algo.

Não estou dizendo para desconsiderar a opinião alheia — mormente se for de pessoas mais sábias do que a gente — mas, sim, de assumir a centralidade em sua vida e entender que a responsabilidade na tomada de alguma posição não pode ser sempre delegada a terceiros.

Até porque, não tenha dúvidas, os urubus estão prontos para te atacar e te culpar no caso de fracasso.

Edmond é um jovem pesquisador científico que descobriu a cura do câncer. Ele é inteligente, promissor e dedicado. Ciente da importância de sua descoberta e das vidas que poderá salvar, conta tudo para seu colega de trabalho e melhor amigo, Mondego, antes mesmo de repassar qualquer notícia à comunidade.

Seu amigo, que, pelo visto, não é tão amigo assim, munido disso, divulga a pesquisa e se torna mundialmente famoso. Posteriormente, com remorso, divide os lucros obtidos com Edmond.

Repiso: na situação apresentada, ambos se tornaram ricos.

Vamos à pergunta: se você pudesse escolher ser um dos dois, preferiria se transformar no Edmond, que fez uma descoberta

---

[60] "A internet havia não apenas democratizado a informação de maneira inimaginável, como também estava fazendo com que a "sabedoria das multidões" tomasse o lugar do conhecimento legítimo, nublando perigosamente os limites entre fato e opinião, entre argumentação embasada e bravata especulativa" (KAKUTANI, Michiko. Op. cit.).

incrível, mas que continuará desconhecido, ou em Mondego, famoso e admirado por todos por causa de sua má índole?

Em poucas palavras, o que te importa mais é ser uma pessoa realmente incrível ou ser exaltado e idolatrado pelos outros? É ser ou parecer ser?

Até agora, tratei da opinião alheia acerca das decisões que tomamos, mas devemos entender que o ato de decidir, por si só, é complicadíssimo. O medo das consequências de deliberar sobre algo, que poderão ser positivas, mas, muitas vezes, negativas, traz insegurança.

Permanecer inerte esperando que a solução caia no nosso colo parece ser muito mais agradável e seguro.

O problema é que, na maioria das vezes, a solução não cai no nosso colo. A zona de conforto, mesmo sendo quentinha e agradável, muitas vezes precisa ser abandonada. Procrastinar a tomada de decisão não resolve o problema.

Só que muitos pensam apenas de forma imediatista e não duradoura. Mascaram o problema chamando-o de outro nome e perdem tempo valioso para tomar uma decisão. O raciocínio é mais ou menos este:

"Se o relacionamento com minha esposa está uma merda e, claramente, não tem como ser salvo, já que foram feitas todas as tentativas possíveis, mas, mesmo assim, eu posso enrolar mais, esperando que, no futuro, as coisas se resolvam sozinhas, por que vou me preocupar com isso agora?

"Se eu quero emagrecer, mas isso significa passar meses comendo pouco e acordando cedo para ir para aquela coisa chata chamada "academia", por que não deixar isso para o ano que vem?"

Tomar decisões é extremamente difícil e desconfortável, essa é a verdade (e "a verdade é como a poesia. E a maioria das pessoas odeia a poesia").[61] Postergar ou delegar a função de decidir é muito, mas muito mais simples e sedutor.

O psicólogo canadense Jordan Bernt Peterson, compulsando o assunto, escreveu que "é mais fácil deixar para amanhã o que precisa ser feito hoje e afogar os próximos meses e anos nos prazeres baratos do hoje".[62] Contudo "conveniente" não é sinônimo de "certo", ainda que, muitas vezes, pareça ser.

Aqui, é importante perceber que não estou dizendo que uma decisão precisa ser tomada às pressas. "Esperar" é diferente de "enrolar". Enquanto esperar pode ser uma decisão sábia em alguns casos, postergar por preguiça ou por medo não é uma resposta aos problemas, mas mero paliativo. "A indecisão é o ladrão da oportunidade", já dizia Jim Rohn.

Resumindo: tomar decisões é fundamental; é assumir a sua centralidade no show da sua vida. Decidir é imprescindível. Sem decisão, não há plano, não há estratégia, não há execução.

No dia 10 de maio de 1940, uma das pessoas mais influentes da história, Winston Leonard Spencer-Churchill, tomava posse como primeiro-ministro da Grã-Bretanha, fato que se demonstrou imprescindível para os Aliados ganharem a Segunda Grande Guerra, poucos anos depois.

Churchill sucedeu Neville Chamberlain que, com sua incompetência e medo de agir, tinha auxiliado — e muito — a Alemanha nazista a se tornar cada vez maior.

---

61 Frase do filme A grande aposta [Big short].
62 PETERSON, Jordan B. Op. cit., pp. 81- 82.

Célebre — e absurdamente fantástica — a frase de Churchill, proferida na Câmara dos Comuns: "Vocês deviam escolher entre a guerra e a desonra. Escolheram a desonra. E terão a guerra".[63]

O estado de inércia do submisso Chamberlain, que procrastinava para tomar a única decisão possível, estava deixando Hitler se tornar quase invencível.[64]

A posse de Churchill no cargo de primeiro-ministro e sua capacidade de tomar decisões, ainda que difíceis, foram uma reviravolta fundamental para o desfecho de um dos piores capítulos da história humana.

O novo primeiro-ministro começou agindo: primeiramente, ciente de que a paz não era uma opção possível contra os nazistas, ele decidiu fazer o que Chamberlain não tinha feito até então: tomar decisões firmes e executá-las. A Grã-Bretanha precisava absurdamente demonstrar sua força e provar que não podia ceder aos desejos conquistadores e antidemocráticos do *Fuhrer*.

Churchill chegou chegando! Mesmo tendo poderoso segmento político e popular contrário — inclusive de pessoas mais experientes —, propiciou a retirada de soldados britânicos e franceses da França — mais de trezentos e trinta mil —, por meio da Operação Dínamo, que deu origem à famosa Batalha de Dunquerque, utilizando-se, de forma parcialmente inovadora, de grande quantidade de embarcações civis para realizar o resgate.

---

63 BINET, Lauren. *HHhH*. São Paulo: Companhia das Letras, 2012, p. 90.
64 "Em 1946, em Nuremberg, o representante da Tchecoslováquia questionou a Keitel, o chefe do Estado-Maior alemão: "O Reich teria atacado a Tchecoslováquia em 1938 se as potências ocidentais tivessem sustentado Praga?". Keitel respondeu: "Com certeza, não. Militarmente, não éramos tão fortes. Hitler pode praguejar, mas a França e a Inglaterra lhe abriram uma porta da qual ele não tinha a chave. E, demonstrando uma tal complacência, o incitaram evidentemente a recomeçar", trecho também retirado do livro de Laurent Binet, op. cit., p. 91.

Mas a importância de Churchill, na Segunda Guerra, não para por aí: sua capacidade de se aproximar dos Estados Unidos, de manter relações com a União Soviética, de motivar resistências populares, entre outros fatores, foram imprescindíveis para a derrota das forças do Eixo.

Claro, existem diversas críticas tecidas contra Churchill. É impossível agradar gregos e troianos ao mesmo tempo. Contudo a intenção do capítulo é apontar, ainda que com um exemplo extremo, que a tomada de decisões, muitas vezes, mais do que algo importante, é imprescindível.

Chamberlain permaneceu inerte enquanto devia agir; Churchill, ao contrário, teve a coragem de tomar decisões substanciais, ainda que, muitas vezes, impopulares.

Chamberlain é lembrado como o incompetente e fraco que entregou a Tchecoslováquia de mão beijada para um dos maiores genocidas que o mundo já viu, tendo deixado a Alemanha nazista crescer demasiadamente; Churchill é recordado como uma das maiores personalidades da história humana.[65]

Voltando à vida real e moderna e sendo repetitivo: tomar decisões é difícil, mas, muitas vezes, necessário.

Se você não souber fazer isso, outras pessoas o farão por você! O desfecho nem sempre será agradável.[66]

---

[65] Para aprofundar a leitura sobre Churchill, aconselho sua biografia, escrita por Martin Gilbert: *Winston Churchill: uma vida*. São Paulo: Leya, 2016.
[66] "A melhor maneira de prever o futuro é criá-lo", Peter Drucker.

Para concluir este capítulo, embora os exemplos tenham deixado isso claro, é preciso entender que a tomada de decisões precisa vir junto à sua execução. Em poucas palavras, resolver fazer algo só faz sentido se vier acompanhado da atitude de fazer esse algo.

Só que se já é difícil decidir mudar alguma coisa em sua vida, executar a decisão é mais complicado ainda.

Em seu livro F*deu geral, Mark Manson apontou: "queremos acreditar que a capacidade de fazer algo é tão simples quanto tomar essa decisão, basta ter apenas força de vontade suficiente. [...] Por que não fazemos as coisas que sabemos que temos que fazer? Porque não estamos a fim".[67]

Da mesma forma, o psicólogo Carl Rogers narrou que, quando em seus tratamentos atendia pacientes que o procuravam em decorrência de decisão judicial, a terapia não gerava frutos, pois não existia o fator "espontaneidade".[68] Mudança requer força de vontade!

E é isso! Sei, por experiência própria, que quando resolvemos a respeito de algo, a adrenalina vem, empolgamos, queremos romper o mundo, nos sentimos invencíveis.

Não raras vezes, porém, após essa primeira fase de euforia extrema por termos dado o primeiro passo — decidir —, simplesmente procrastinamos a execução da decisão, pelos mesmos motivos explanados no decorrer do capítulo: preguiça, medo da opinião alheia, pura e simples enrolação, e mais mil outras coisas chamadas, por Steven Pressfield, de "resistências".[69]

Por "resistência", entende-se tudo aquilo que age sorrateiramente e de forma insidiosa, afastando-o dos seus objetivos.

---

67 MANSON, Mark. F*deu geral. Rio de Janeiro: Intrínseca, 2019, pp. 39-43.
68 ROGERS, Carl. The necessary and sufficient conditions of therapeutic personality change. Journal of Consulting psychology, 21, pp. 95-103. Citado por PETERSON, Jordan B. Op. cit., 2018, p. 83.
69 PRESSFIELD, Steven. A guerra da arte. São Paulo: Ediouro, 2005.

Pode vir mascarada sob muitos disfarces, alguns extremamente atrativos e que parecem ser razoáveis, mas não se engane, eles sempre serão perigosos e o deixarão mais distante do seu objetivo final — que é o que realmente importa.

Por isso, é preciso entender que é você que controla suas resistências — e não o contrário. Precisa saber dizer "não" para essas inimigas sorrateiras, sempre que encontrar uma no seu caminho.

Afinal, toda vez que você fala "sim" para algo que você não pode ou deve fazer, na verdade, está falando "não" para você.

Quando era criança, ainda morando na Itália, lembro que li um livro fantástico, de Luis Sepúlveda, que contava a história de Fortunata, uma gaivota que não sabia voar e tinha medo de tentar.[70] No final, um gato, Zorba, seu amigo, para forçá-la na empreitada, joga-a de uma torre (não tenha amigos que te joguem de torres). Fortunata aprende a voar e agradece, dizendo, basicamente, que logo antes de cair descobriu uma realidade: "que só voa quem ousa tentar"!

Tal conto, além de nos ensinar a termos cuidado com os amigos, é útil para entendermos que, para realizar nossos sonhos, precisamos agir — e não apenas ficar pensando sobre isso.

Por exemplo, quando trabalhei como professor, inúmeras vezes vi alunos tomarem a decisão de focarem em concurso público, comprarem dezenas de obras e cursos, iniciarem um planejamento de estudo, gastarem muito dinheiro, debruçarem-se sobre os livros, igual loucos, por alguns dias e, semanas depois, desistirem.

---

70 No Brasil: SEPÚLVEDA, Luis. *História de uma gaivota e do gato que a ensinou a voar.* São Paulo: ASA, 1997.

Tiveram coragem para decidir tentar mudar de vida? Sim. Tiveram coragem e esforço suficientes para realmente conquistarem seus sonhos? Não. E isso é o que realmente importa.

A mera vontade sem ação é perda de tempo. É um nada. Não se esqueça disso.

Meu imperialismo

> "As pessoas não fazem as viagens, as viagens fazem as pessoas."
> JOHN STEINBECK

> "Então percebi que as aventuras são
> a melhor maneira de aprender."

> "C'è che sento il bisogno totale di far le valigie ed andare,
> staccare la spina e partire." [É que sinto a necessidade total
> de fazer as malas e ir, desligar a tomada e partir]
> "IL MONDO CHE NON C'È" – SIMONE TOMMASINI

Goiânia: meu apartamento. 13 de dezembro de 2022.
Creio que tenha sido por volta de 2009, com meus vinte anos, que entendi que o mundo era grande demais para ficar em casa. A partir de então, viajar se tornou um dos objetivos de minha vida; desbravar o mundo, meu *hobby* preferido; *wanderlust* — desejo de viajar —, meu lema.

Mas minha "origem viajante" é muito mais antiga. Tive a sorte de ser adotado e criado por uma família que, além de me amar intensamente, gostava de conhecer lugares e que, desde cedo, me demonstrou que se aventurar pelo mundo poderia ser uma válvula de escape importante.

Morava na Europa e tudo era mais fácil. Em menos de dez minutos, saindo da casa da minha avó, chegava à Suíça. Em poucas horas de avião, dava pra ir para a Grécia, Espanha e França. Alcançar o Egito era fácil.

Com certeza, posso dizer que a localização geográfica onde vivia e o espírito aventureiro dos meus pais me motivaram a ser um viajante.

Meu pai, além de tudo, sempre quis sair da Itália. Toda vez que a gente viajava, ele voltava com a ideia de construir algo em outro país e nos mudarmos para começarmos uma nova vida. Talvez, termos vindo para o Brasil anos depois não fosse algo tão inesperado, afinal...

Não me recordo ao certo com quantos anos conheci o mar, mas creio que devia ter no máximo três — meu pai nunca ficaria mais do que esse tempo sem sair pelo mundo.

Tenho, porém, muitas lembranças das minhas viagens na infância. Lembro-me claramente de meu pai me levar para fazer *snorkeling*, na Grécia, com os peixes de todas as cores; recordo-me de, com poucos anos de idade, visitar o Vale dos Reis, no Egito, tentando entender um pouco mais sobre aqueles faraós que tinha visto em livros de história, enquanto meu irmão jogava *game boy* e era repreendido pelo meu pai, amante do assunto; não dá pra esquecer, também, as risadas nas praias, os "amigos de verão", os castelos de areia, as corridas com gosto de sal, os olhares para as meninas bronzeadas.

Bons tempos.

Quando mudamos para o Brasil, por muitos anos, as viagens internacionais passaram a ter um único destino: a Itália. A saudade falava mais alto e a condição econômica do meu pai demandava escolhas.

Foram ótimos anos, mas eu já sabia que havia muitos lugares para conhecer. Decidi fazer isso, um dia, com meu dinheiro.

Como disse no início do capítulo, foi em 2009 que tudo começou a mudar. Na época, eu e alguns amigos decidimos que juntaríamos dinheiro — a enorme quantia de cinquenta reais mensais — para, em vez de participarmos da festa de formatura, viajarmos de mochilão para a Europa, no fim da faculdade.

Poucas decisões foram mais acertadas em minha vida. Meu imperialismo se iniciou![71]

Após três anos, uma turma de amigos formada por oito membros e um dinheiro a mais no bolso, a aventura começou. Foram trinta e dois dias passando por dez países, dormindo em hostels baratos, comendo lanches de duvidosa procedência e escrevendo páginas da nossa história.

Foi uma das melhores viagens da minha vida!

A alegria de termos alcançado o objetivo, de termos acabado a faculdade, de viajarmos sozinhos e a ciência de que, em poucos dias, tudo terminaria e uma nova vida começaria, nos impregnaram.

Em Barcelona, nossa primeira parada, percebemos que nosso dinheiro era pouco; em Ibiza, vimos festas que pareciam impossíveis de estarem acontecendo de verdade; em Paris, que eu já conhecia, respiramos história e arte; em Bruxelas, bebemos muito, apenas, e vimos uma estátua ridícula de uma criança urinando; em Amsterdã, revimos nossos conceitos sobre diversão; em Berlim, quase fomos sequestrados; em Viena, arrepiamos ao entrar em um dos parques mais incríveis do mundo: o Schonnbrunn; em Praga e Budapeste, percebemos o valor do leste europeu; na Croácia, vimos lugares indescritíveis; em Roma, descansamos e comemos muito (estávamos mortos, dê um desconto).

A partir daí, conhecer o mundo se tornou uma obsessão para mim. Gastar o dinheiro para explorar novos lugares me parecia a forma mais inteligente e proveitosa de viver de verdade.

---

71 Imperialismo é o nome dado para o conjunto de políticas que visavam promover a expansão territorial, econômica e cultural de alguns países sobre outros.

Quando comecei a trabalhar, passei a direcionar economias e tempo livre para desbravar nosso planeta. Foram muitos países, perdi a conta de quantos. Infelizmente, não sei se conhecerei outros, creio que não.

Aprendi a viajar sozinho aos vinte e seis anos. Meus amigos, na época, não queriam ir para os mesmos lugares que eu. Eram movidos a festa — eu também, mas pensava que viajar era muito mais do que apenas isso. Arrisquei com meu inglês "ok" e deu certo.

Após criar confiança, tornei-me "imparável". Viajar sozinho se tornou meu passatempo preferido e o medo deixou lugar à empolgação. Meu inglês melhorou, aprendi a me virar e decidi que o mundo era meu e eu era do mundo.

Fiz mochilão no sudeste asiático, conheci a Europa quase inteira, elegi Nova York como minha cidade preferida, vi o sol se pondo na Escandinávia.

Foram muitos momentos incríveis. Todos valeram a pena!

Dói bastante pensar que tudo acabou. Minha *bucket list* ainda é enorme. Faltam tantos lugares... tantos pores do sol... tantas emoções... Agora que, finalmente, meu filho Henri se tornaria meu parceiro de viagens...

E o tanto que sinto falta da expectativa, do planejamento e da emoção de, ao final, pisar em um novo país... Será que era isso que os espanhóis e os portugueses sentiam quando zarpavam no oceano em busca de novas riquezas e novos territórios?

Sempre pensei em morrer com memórias, não com sonhos. Consegui em parte.

Então, meu(minha) amigo(a), viaje! Sempre que puder, viaje!

Como disse Mary Anne Radmacher, "a vida não é a mesma depois de ter visto a luz brilhar do outro lado do mundo!". Tenha certeza disso!

"Eu viajo porque me faz perceber o quanto eu ainda não vi, o quanto não vou ver e o quanto ainda preciso ver." (Carew Papritz)

"Muito do que somos é onde nós fomos." (William Langewiesche)

P.S.: quando falo em viajar sempre que puder, quero dizer para qualquer lugar que te faça bem, seja perto, seja longe. No final, irá valer a pena.

De novo. *Di nuovo. Again*

Goiânia: hospital. 14 de dezembro de 2022.

De novo fui internado no hospital.

De novo ouvi falar que acabou.

Mas mais uma noite passou e estou aqui. De novo, sobrevivi. Até quando?

Se não for pedir demais, resolvam, por favor! Não tá fácil!

Só queria saber o que vai ser de mim... a incerteza dói mais do que qualquer certeza, por mais trágica que seja...

Não seja babaca

"
Os idiotas vão tomar conta do mundo; não pela capacidade, mas pela quantidade. Eles são muitos."
NELSON RODRIGUES

"
Não é possível convencer um fanático de coisa alguma, pois suas crenças não se baseiam em evidências: baseiam-se numa profunda necessidade de acreditar."
CARL SAGAN

"
Insulto não é argumento. Ofensa não é coragem.
A incivilidade é a derrota do espírito."
LUÍS ROBERTO BARROSO, MINISTRO DO SUPREMO
TRIBUNAL FEDERAL BRASILEIRO

Goiânia: meu apartamento. 16 de dezembro de 2022.

O poeta romano Ovídio, na época de Cristo, escreveu, em sua obra *Heroides*, uma frase que veio a se tornar famosa em todo o mundo e que, erroneamente, foi atribuída, por muitos, a Nicolau Maquiavel: "os fins justificam os meios".

No decorrer dos séculos, sua essência foi utilizada — e ainda é — por inúmeros indivíduos que, muitas vezes, de forma arbitrária e inescrupulosa, decidiram que algumas pessoas, atividades ou preferências eram mais importantes do que outras.

"Primeiro os líderes e os liderados, depois os tiranos e os escravos, depois os massacres. Sempre foi assim."[72] O poder é

---

72 ATWOOD, Margaret. Op. cit., p. 172.

tirado aos poucos de algumas pessoas, até um ponto em que "os escolhidos" passam a mandar e a ditar o que é correto, e os outros, por se acharem inferiores, passam a obedecer sem questionar.

Esses sujeitos gostavam de decidir o que era certo e errado; o que era justo ou injusto; o que era melhor ou pior.

Sua superioridade, na maioria das vezes, pautava-se em vontades divinas, frequentemente exteriorizadas por meio de líderes religiosos de duvidosa ética e moralidade. Morto um, seus descendentes assumiam, perpetuando a tirania.

Naquele tempo, a vontade de se alcançar algo — o fim — justificava as ações perpetradas para tanto — o meio —, por mais horripilantes que fossem.

Valia tudo para se atingir um objetivo.

Os fins justificaram ações coloniais,[73] guerras religiosas[74] e atitudes que hoje consideramos irracionais e vergonhosas.[75]

Passados séculos, após infinitas lutas, batalhas, guerras e muito, mas muito sangue, as coisas foram mudando.

O filósofo alemão Immanuel Kant, já no decorrer do século XVIII, preconizou fortemente que os homens não deveriam ser vistos como meios, mas apenas como fins em si.[76]

Após, no decorrer do século XX, mormente passada a Segunda Grande Guerra, a valorização dos direitos humanos, da justiça social e da ética fortaleceram a importância do homem e dos meios proporcionais, razoáveis e morais para se alcançar um objetivo.

Assim, pelo menos em tese, os fins pararam de justificar os meios.

Na prática, não é isso que ocorre.

---

73 Exemplo: da Espanha, de Portugal, entre outros.
74 Exemplo: as Cruzadas, ocorridas entre os séculos XI e XIII.
75 Exemplo: a escravidão.
76 KANT, Immanuel. *Metafísica dos costumes*.

Autores de renome — à guisa de exemplo Richard Sennett,[77] Zygmunt Bauman[78] e Christopher Lasch[79] — apontam que a sociedade está se tornando cada vez mais individualista e egoísta.

O extremismo que, após tantos abusos — da direita como da esquerda —, deveria ser visto como algo a ser combatido, está retomando campo, como já previra o autor britânico Eric Hobsbawm, ao afirmar que ocorreria nova ascensão do nacionalismo com queda da democracia representativa.[80]

O preconceito, embora tenha sido enfrentado por décadas e não obstante seja visto como algo abominável, continua a se fazer presente em nossa sociedade (gosto muito da frase de Angela Yvonne Davis: "numa sociedade racista não basta não ser racista, é necessário ser antirracista").

Muitas vezes, para alcançarem os objetivos, as pessoas ofendem, insultam, agem como animais vorazes capazes de qualquer coisa para dilacerar suas vítimas.

Porém seja dito: talvez, hoje, exista mais consciência do que antigamente e não sejam mais toleradas atitudes que antes seriam. Talvez, o futuro seja promissor.

Mas, com certeza, "os fins justificam os meios" continua a ser o lema estampado na bandeira pessoal de muitos indivíduos.

———

Se tem uma coisa da qual me arrependo e que gostaria de mudar antes de morrer é o tanto que já fui idiota com algumas pessoas. O tanto que errei.

---

77 A corrosão do caráter: consequências pessoais do trabalho no novo capitalismo.
78 Modernidade líquida e Vida líquida.
79 A cultura do narcisismo: a vida americana em uma era de esperança em declínio.
80 HOBSBAWM, Eric. Tempos fraturados: cultura e sociedade no século XX. São Paulo: Companhia das Letras, 2013.

Falei coisas que não devia. Não pedi desculpas necessárias, mesmo me desculpando internamente.

Fechei-me numa bolha de egoísmo puro, sem conseguir analisar o lado dos outros, sem admitir minha falibilidade, sem perceber o tanto que estava sendo presunçoso com minhas atitudes.

Querido(a) leitor(a), não faça isso. Não cometa esses erros.

Seja legal e educado(a) com as outras pessoas, quaisquer que sejam.

Evite extremismos que, pelo próprio nome, são visões absolutas de fanáticos que não conseguem sequer admitir que outras pessoas pensem diferente deles.

Quando estiver com os outros, não deixe seu ego tomar conta da situação e te tornar um idiota. Não deixe que as multidões te controlem.[81]

Jamais seja preconceituoso(a)! A cor da pele, a origem, a aparência física e outros atributos contam muito pouco diante da essência de cada um.

Faça o bem, independentemente de receber algo em troca.[82] Faça-o apenas porque você é uma pessoa boa e porque gosta disso.

Aja para que o futuro seja melhor do que o presente, independentemente do que os outros pensarem ou fizerem a respeito.

Não seja maldoso(a)!

Não seja preconceituoso(a)!

Não seja extremista!

Não seja babaca!

Afinal, "se você agir como quem acredita no futuro, talvez isso ajude a criá-lo".[83]

---

81 Sobre o assunto, indico a leitura de *Psicologia das multidões*, do psicólogo e sociólogo Gustave Le Bon, que explica a influência que as multidões possuem sobre as pessoas, levando-as, não raras vezes, a fazer coisas que, em outros contextos, não fariam.
82 Tal ideia configura um dos pensamentos centrais dos estudos de Immanuel Kant.
83 ATWOOD, Margaret. *O conto da Aia*. Rio de Janeiro: Rocco, 2017.

Não seja arrogante

> "Ninguém liga para as suas posses tanto quanto você. Você pode achar que deseja ter um carro caro, um relógio chique e uma casa enorme. Mas, escute o que eu digo, você não quer. O que você quer é o respeito e a admiração dos outros, e você acha que ter coisas caras trará isso. Quase nunca traz, principalmente das pessoas que você deseja que o respeitem e o admirem."
> Morgan Housel

> "Não somos melhores. Nem piores.
> Somos iguais. Melhor é a nossa causa."
> Thiago de Mello

> "Todos os animais são iguais,
> mas uns são mais iguais que outros."
> George Orwell

Goiânia: meu apartamento. 17 de dezembro de 2022.

A década de 1970 foi denominada "a década do eu", fruto de uma onda monumental de autocentrismo, autogratificação e desejo de atenção, gerando o que Christopher Lasch chamou de "a cultura do narcisismo", ou seja, a busca incessante "por ser o número um num mundo hostil e ameaçador".[84]

---

[84] KAKUTANI, Michiko. A morte da verdade. 1. ed., Rio de Janeiro: Intrínseca, 2018, p. 73.

Anos se passaram, a diferença entre os ricos e os pobres aumentou exponencialmente[85] e parece que hoje, mais do que nunca, voltamos a viver uma onda de arrogância exagerada.

Pessoas que nunca fizeram nada na vida, além de nascer em berço de ouro, acham-se melhores do que outras que trabalham desde os dez anos de idade, mas nunca tiveram possibilidades reais de concretizarem seus sonhos; indivíduos que se dão bem economicamente desprezam outros que não se saíram tão bem.

As redes sociais potencializaram isso. Agora, cada vez mais, há uma idolatria pela "imagem" e pela ostentação.

"A maioria das pessoas acredita que tem inteligência e habilidade acima da média em quase tudo, principalmente quando não é esse o caso."[86]

O que faz uma pessoa ser "melhor" do que outra? O que significa "melhor"? Ter sucesso é sinônimo de ser "melhor"?

No meu modo de entender, não existe resposta correta para as primeiras duas perguntas. "Melhor" é um termo abstrato e totalmente subjetivo. O que é melhor para mim pode não ser melhor para você, e vice-versa.

Como bem representou a sempre sensata Margaret Atwood, durante um diálogo, em sua obra O conto da Aia, "O que é melhor para você?" "Melhor nunca significa melhor para todo mundo", diz ele. "Sempre significa pior, para alguns". Fato!

No máximo, seria possível elencar atributos que a sociedade valoriza mais, em determinado momento histórico, em detrimento de outros, mas dizer que uma pessoa que os detém é melhor do que outra que não os possui é, no mínimo, arbitrário.

---

85 De acordo com diversos institutos, por ex. a Organização para a Cooperação e Desenvolvimento Econômico (OCDE).
86 MANSON, Mark. Op. cit., 2019, p. 69.

Ser mais bonito significa ser melhor? Ser mais inteligente? Ser mais forte? Ser mais rico?

Tenho total convicção de que não, mas também tenho certeza de que muitos, ao menos internamente, não concordam com isso.

Quanto ao terceiro questionamento que fiz: "Ter sucesso é sinônimo de ser melhor?", também entendo que a resposta óbvia deveria ser: "Não, ter sucesso não significa ser melhor do que ninguém".

Claramente, há graus de sucesso — pessoal, profissional, financeiro, entre outros — que decorrem de diversos fatores, inclusive da meritocracia. Posso ter sido um estudante melhor do que muitos outros, mas isso, novamente, não pode significar que sou melhor do que outras pessoas que possuem dificuldades maiores ou que, por outros motivos, não alcançam suas metas.

O sucesso — em qualquer de suas formas — traz benefícios: felicidade, prosperidade, maturidade, entre outros. É mais do que justo se aproveitar dele, ainda mais se foi difícil alcançá-lo.

Ser arrogante por conta disso, porém, é a antítese do sucesso: é o fracasso.

Contudo a verdade é que muitas pessoas, ainda que não exteriorizem isso publicamente, se acham melhores do que outras, por possuírem características que consideram ser mais importantes.

Pergunte para um ricaço que se esforçou para conseguir seu patrimônio se ele se acha melhor do que um mendigo. Talvez, ele diga que sim, pois aproveitou bem suas oportunidades, olvidando que, quiçá, a outra pessoa nunca tenha tido nenhuma oportunidade para tentar aproveitar. Talvez ele — o ricaço — diga que não, para demonstrar sabedoria e humildade, embora, em seu interior, não concorde com isso. Há, claramente, as pessoas sensatas que entendem que dinheiro na conta é apenas uma consequência do sucesso, que não te faz melhor ou pior do que ninguém. Essas últimas são escassas, infelizmente.

A verdade é que nosso ego é um dos maiores inimigos que temos. Ele gosta de ser massageado, de ser admirado, de se sentir "foda". Ele nos faz agir de forma diferente de como agiríamos normalmente. Ele pode nos tornar imbecis.

Cuidado com ele! Controle-o, não o deixe tomar o controle de você.

No dia 24 de junho de 1812, Napoleão Bonaparte, imperador francês, na época, sem qualquer aviso ou declaração formal de guerra, invadiu a Rússia, com um exército de aproximadamente seiscentos mil soldados.

Os russos, sabendo da extensão de seu país, utilizaram, então, a política de "terra arrasada", destruindo aldeias, cidades, plantações e fugindo com as comidas, deixando os invasores, aos poucos, sem suprimentos.

Meses depois, ao alcançarem Moscou, após a célebre Batalha de Borodino, e após terem perdido milhares de soldados, os franceses esperavam encontrar novos suprimentos para se reabastecerem. Contudo a capital russa encontrava-se deserta. A situação começava a ficar crítica.

Cinco semanas depois, Napoleão, percebendo a derrota iminente e a chegada do glacial inverno russo, decidiu que as tropas voltariam à França.

Em novembro, os ataques russos e os 26°C negativos acabaram de exterminar o que restava do exército. Apenas vinte e dois mil soldados retornaram para "casa". O dia 14 de dezembro de 1812, o fim da campanha da Rússia, inspirou a obra *Guerra e paz*, de Liev Tolstói.

A reputação de Napoleão, considerado até então um estrategista invencível, foi severamente abalada. Menos de dois anos depois, abdicava do poder.

O que isso tem a ver com arrogância?

Napoleão, para alguns um gênio e, para outros, um tirano sanguinário, quando atacou a Rússia, desprezou por completo o que tinha ocorrido um século antes, em 1709, ocasião em que o rei Carlos, da Suécia, havia perdido seu exército no extremo leste europeu pelos mesmos motivos: fome e frio.

A lógica demandava cuidado. A arrogância irracional, porém, clamava por um ataque apto a demonstrar para todos a força esmagadora do exército francês e a aniquilação do exército russo.

O ego desmedido de Napoleão lhe custou o Império.

Thomas Carlyle, ainda no século XIX, afirmou que: "um grande homem demonstra sua grandeza pela forma como trata os pequenos".[87] Poderíamos não concordar e debater por páginas e páginas sobre o que ele quis dizer, utilizando os termos "grande" e "pequeno". Sendo pragmático e trazendo a frase para nossos tempos, gosto de alterar "grande" por "realizado" e "pequenos" por "menos favorecidos", por qualquer motivo que seja.

"Uma pessoa realizada, por qualquer razão, demonstra sua grandeza pela forma como trata os menos favorecidos". Me parece melhor assim.

---

87 Há uma frase parecida no livro *A garota marcada para morrer*, de David Lagercrantz: "*A dignidade de uma sociedade define-se pela maneira como cuidamos dos mais fracos*".

É tão bonito quando a gente vê pessoas bem-sucedidas que agem de forma educada com todos ao seu redor, independentemente do saldo de suas contas bancárias.

É tão horrível quando vemos alguém que trata com desprezo o garçom ou o motorista do Uber, achando-se melhor do que eles.

O jeito como você trata os outros diz muito sobre você.

———

Lao-Tsé, sábio chinês que viveu seiscentos anos antes de Cristo, afirmou, de forma genial, que:

> *A razão pela qual os rios e os mares são homenageados por centenas de riachos das montanhas é que eles se mantêm num nível mais baixo. Assim, eles reinam sobre todos os riachos das montanhas. Do mesmo modo, para estar acima dos homens, o sábio se coloca abaixo deles; para estar à frente, se coloca atrás. E dessa forma, embora seu lugar seja acima dos homens, eles não sentem seu peso. Embora seu lugar seja à frente dos homens, eles não consideram isso uma ofensa.*[88]

Se você se acha "foda", não precisa gritar isso para o mundo inteiro saber. Se você quer admiração alheia genuína, não a conseguirá com arrogância. Se você quiser ficar bem consigo, a humildade, tanto para alcançar o sucesso como para mantê-lo, é a solução.

---

[88] Trecho mencionado por Daniel Carnegie, op. cit., p. 172.

Lembre-se: sua conta bancária, sua aparência física, sua inteligência e suas outras qualidades não te fazem melhor do que ninguém; apenas mais beneficiado pela opinião de uma sociedade que, nesse momento de sua história, valoriza mais alguns atributos em detrimento de outros.

Sua essência é o que realmente conta.

Não seja e não pareça fraco(a)

> "Na primeira noite eles se aproximam e colhem uma flor de nosso jardim e não dizemos nada! Na segunda noite eles já não se escondem. Pisam nas flores, matam nosso cão e não dizemos nada! Na terceira noite, o mais frágil deles entra sozinho em nossa casa e, conhecendo nosso medo, arranca-nos a voz da garganta e porque não dissemos nada já não podemos dizer nada."
> EDUARDO ALVES DA COSTA

> "Não haverá piedade. Eles semearam ao vento e agora estão colhendo a tempestade."
> DEPARTAMENTO POLÍTICO DA FRENTE UCRANIANA ANTES DO ATAQUE EM BERLIM, EM ABRIL DE 1945

Goiânia: meu apartamento. 17 de dezembro de 2022.
Vou aproveitar que hoje estou conseguindo pensar (até tomei banho sozinho, igual a um adulto) e escrever. Quero concluir pelo menos mais uma coisa em minha vida antes de morrer: este livro. Por que não comecei a escrever antes? Por que preferimos sempre esperar que algo dê errado para iniciar nossos projetos?

Pois bem, continuando.

Se é verdade que você não pode e não deve ser arrogante e presunçoso, é também verdade que fraqueza demasiada deve ser vista como algo negativo. É preciso saber se impor!

Já contei que, com vinte e quatro anos, assumi tarefa árdua no cargo de delegado de polícia. Com aquela idade, mesmo estando afiado na parte jurídica e mesmo estando extremamente motivado, faltava-me, claramente, postura de uma autoridade. Muitas pessoas se aproveitaram disso.

Sempre valorizei a equipe e me tornei próximo de praticamente todos os subordinados com os quais trabalhei. Vejo isso como extremamente importante para que o trabalho — pesado por si — se torne mais leve, e para que ninguém surte. Só que, no começo, após ter dado liberdade demais e me tornado amigo de todos, tive dificuldade em dizer "não" quando precisava ter falado.

Isso é complicado, pois, na qualidade de chefe, a responsabilidade do sucesso ou do fracasso do trabalho recaía sobre mim. Assim, embora sempre tenha valorizado muito conselhos alheios, principalmente de pessoas mais experientes, a verdade é que, se você comanda uma equipe, a decisão final precisa ser sua. Delegar a função de decidir, como já vimos, pode ser conveniente, mas não é a mais correta, frequentemente.

Lembro-me especificamente de dois casos nos quais duas subordinadas "bateram de frente comigo", recusando-se a cumprir o que eu entendia ser a melhor estratégia naquele momento. Nas ocasiões, ambas foram grossas e prepotentes, no meu entender, e, em vez de eu lidar com a situação de forma firme, acabei apenas ficando triste e não tomei qualquer atitude.

Fazer isso é o primeiro passo para perder o comando concreto da equipe e para as coisas começarem a desandar. Afinal, se uma subordinada podia esbravejar comigo e se recusar a cumprir minhas determinações, por que outro(a) insatisfeito(a) não faria isso também?

Com o tempo, fui aprendendo uma lição fundamental que pode ser usada não apenas no âmbito do trabalho, mas em qualquer situação: parecer fraco(a) é perigoso.

Como já explanado em capítulo anterior, por mais que uma coisa pareça conveniente em determinado caso — no meu exemplo, não se indispor com a equipe para manter a harmonia a qualquer custo —, há momentos nos quais precisamos tomar decisões e agir, sob pena de nossa inércia se tornar nosso calcanhar de Aquiles.

A ideia agora defendida pode ser utilizada em praticamente qualquer contexto, inclusive no sentido oposto do apontado: se você trabalha para uma empresa e seu chefe tenta obrigá-lo(la) a cumprir horários ou determinações além das suas obrigações, você tem duas possibilidades:

1. impor-se, demonstrar força e discordar: obviamente, cada caso é um caso e escrever isso aqui, no conforto do meu quarto, com ar-condicionado, torna tudo mais fácil;
2. deixar a coisa fluir até o empregador te sobrecarregar mais e mais e você surtar de vez ou pedir as contas por não aguentar e, nesse caso, ser substituído(a), em poucos minutos, por outro novo(a) empregado(a).

Saber demonstrar força pode ser desconfortável, mas é necessário. Caso contrário, nos tornaremos escravos das vontades alheias. Depois, sair da situação se tornará cada vez mais difícil.

Trazendo outro exemplo, acho tão chato quando vejo aquelas crianças mimadas que fazem tudo que querem — dão tapas em outras, choram por qualquer coisa e tacam latas de Coca-Cola nas pessoas — enquanto os pais, do lado, não tomam qualquer atitude.

Se você pensar que sua criança perfeita e maravilhosa não pode ser contrariada em qualquer situação, saiba que ela terá dificuldade, futuramente, em entender que o mundo não concorda com isso.

Assim, mais uma vez, salvo se você pensar em guardá-la numa gaiola dourada por toda sua vida, será necessário —

mesmo sendo extremamente difícil e desconfortável —, dizer "não" para o filho amado, para não deixá-lo virar um pequeno ditadorzinho mimado em uma sociedade que não o vê como tal.

Em 1513, Nicolau Maquiavel escreveu sua obra-prima O *Príncipe*, que, contudo, foi publicada apenas em 1532, após sua morte, que ocorreu em 1527.

Na obra, destinada a Lorenzo de Medici e inspirada, entre outros, em César Borgia, ambicioso comandante italiano para o qual valia tudo para se alcançarem seus objetivos, Maquiavel defendeu que a demonstração de força é essencial para um príncipe (soberano) manter o poder e a estabilidade em seu Estado. O autor apontou que, não obstante fosse importante que o povo amasse seu príncipe, a necessidade de ser temido seria ainda maior.

Obviamente, não estou defendendo literalmente os pensamentos de Maquiavel, que foram escritos há mais de quinhentos anos, numa época de derramamentos de sangue e tiranias.

Contudo, transportando e reinterpretando seu pensamento nos dias atuais, a verdade é que é importante não transparecer fraqueza demasiada e se impor em alguns assuntos, sob pena de outras pessoas tomarem as rédeas da situação no seu lugar.

Uma vez visto como fraco, mudar a opinião dos outros se torna difícil.

Portanto, seja educado(a) e humilde, mas não seja bobo(a)!

Não seja mimizento(a)

"Era uma vez uma geração que gostava mais de reclamar do que de trabalhar, que achava que a vida lhe devia algo, mas que ela não devia nada para a vida.

Era uma vez uma geração que queria ganhar dinheiro sem esforço, que queria passar em concursos, mas não queria estudar, que queria ostentar sem ter o que ostentar.

Era uma vez uma geração que definia o sucesso de uma pessoa pelo número de seguidores e de likes, que media valores com base no número de zeros na conta bancária.

Era uma vez uma geração que criticava a hipocrisia, mas era a mais hipócrita de todas, que achava que podia tudo, porém, na verdade, não podia nada, que preferia tirar foto em lanchas e helicópteros do que planejar seu futuro.

Era uma vez uma geração que culpava o azar pelos seus fracassos, que fazia sempre o oposto do que falava, que odiava perder, mas só perdia.

Era uma vez uma geração que gostava de criticar todo mundo, gostava de planejar os sonhos dos outros, mas se esquecia de viver os seus.

Era uma vez uma geração que idolatrava imbecis e criticava heróis.

Era uma vez uma geração com muitos meios, mas sem nenhum propósito, de muita reclamação, mas pouca atitude, de muita imagem, mas pouco conteúdo.

Era uma vez uma geração que tinha tudo para ser lembrada como a que mudou o mundo, mas preferiu ficar reclamando da falta de sorte e se destruiu sozinha."

Goiânia: meu apartamento. 17 de dezembro de 2022.

Este capítulo vai ser rápido, pois diversos temas a ele ligados já foram tratados em tópicos anteriores. Contudo não posso deixar de fazer alguns apontamentos sobre a chatice da "*mimimização*" — palavra que acabo de inventar para representar a cultura do *mimimi* e da reclamação, a todo custo, como forma de justificar os fracassos.

A expressão "mimimi" é uma onomatopeia — que remete ao som de uma pessoa chorando ou resmungando — utilizada como forma pejorativa para descrever alguém que reclama em excesso, que faz drama exagerado e que se faz de vítima das circunstâncias.

A meu ver, a cultura da "mimimização" configura um dos maiores problemas para as pessoas em busca de algo. Digo, sem medo de errar, que hoje vivemos numa verdadeira "geração mimimi", na qual as reclamações tornaram-se a moda do momento, como forma de justificar a preguiça e o medo.

Todos, sem exceções, já se depararam com "mimizentos" — pessoas entre as mais chatas para se conviver. Quem nunca viu alguém afirmar que não consegue fazer algo porque sua vida é difícil e chega em casa cansado à noite? Quem nunca ouviu alguém reclamar por sentir muito sono e, devido a isso, não conseguir cumprir suas metas? Quem nunca presenciou as ladainhas incessantes de pessoas que acham que a vida lhes deve algo?

E, claro, algumas reclamações podem até fazer sentido! Como já explanado, em um mundo que não nos deve nada, algumas pessoas têm mais sorte do que outras e nascem alguns passos à frente das demais na busca de seu objetivo. Algumas pessoas possuem mais dificuldades do que outras. Cada ser humano é diferente, já me manifestei quanto a isso.

O ponto é que, infelizmente, suas reclamações serão absolutamente inócuas e não farão a diferença, já que os problemas não desaparecerão diante dos choros. Serão meras perdas de tempo se não vierem acompanhadas de alguma atitude para mudar a situação. Gerarão uma visão negativa de sua vida, além de te tornar uma pessoa difícil para ser suportada. Seu copo ficará meio vazio e não se encherá sozinho. Seu tempo, que poderia ser aproveitado para buscar seu objetivo, será desperdiçado com reclamações.

Minha dica: não seja esse tipo de pessoa! Não seja mimizento(a)!

Henrique

"
Cada filho somos nós no melhor que temos para dar."
O FILHO DE MIL HOMENS – VALTER HUGO MÃE

Goiânia: meu apartamento. 18 de dezembro de 2022.
No dia 03 de abril de 2019, aos trinta anos, me tornei pai do Henrique.

É a primeira vez que escrevo sobre isso e não vou ficar rodeando e deixando as coisas mais bonitas do que foram: estava preocupado, apavorado e contrariado.

Não era apenas o medo de ter colocado uma criança no mundo; o que eu sentia era raiva, muita raiva, por estar passando por aquilo, por não ter tomado o cuidado necessário, por ter que viver o desconhecido.

Para piorar tudo, ter uma família não me atraía minimamente. Com trinta anos e uma boa condição financeira, almejava um futuro regado a viagens e festas, não cogitando a médio prazo uma entidade familiar e tudo que dela decorreria. Assim, eu e a mãe do Henri decidimos enfrentar a nova vida separados, mas com respeito mútuo e sem medir esforços para deixarmos nosso filho feliz e saudável.

O problema é que quando você não tem qualquer interesse em crianças e descobre que terá um filho, totalmente não planejado, com uma pessoa com a qual não ficará junto, não vive a gravidez como algo gostoso, não sente os chutes na barriga como algo emocionante e, definitivamente, não dá pulinhos de alegria quando descobre o sexo do bebê.

Mas a sociedade não queria ouvir aquilo e esperava de mim que eu fosse um pai amável e apaixonado por um feto na barriga de outra pessoa. Consequentemente, tinha que demonstrar felicidade e sentimento de paternidade inata, sob pena de ser tachado de egoísta, de "sem coração" e de mesquinho.

Pior, que mulher iria querer ficar com um adulto que não dá atenção para seu futuro filho? Precisava mostrar meu lado fofo para garantir likes nas redes sociais.

Portanto, posso dizer, sem medo de errar, que os meses que anteciparam a chegada do meu filho em minha vida não foram os melhores nem os mais promissores para nossa relação, tanto para mim como para ele.

Numa manhã ensolarada, você nasceu, meu Henri, com cara de joelho, chorando muito e mudando, já em poucos segundos, minhas ideias sobre amor.

Claro, no começo foi muito difícil. Você morando em outra cidade e exigindo visitas periódicas do papai que chegava, te pegava no colo de um jeito absolutamente desengonçado e ficava perdido sem saber como agir.

Rodeado por uma família maravilhosa que te mimava o dia inteiro, você devia se perguntar quem era aquele sujeito que aparecia na sua vida com uma "frequência não tão frequente" para beijar e tirar você do colo de pessoas muito melhores.

Eu, por outro lado, cansado de tanto trabalhar, chegava ao final de semana e tinha que andar centenas e centenas de quilômetros para abraçar você, um pedacinho de gente que não demonstrava qualquer afeto por um pai de Instagram, ansioso e que queria amor puro e imediato.

As chances de dar certo continuavam não muito promissoras.

Não sei bem o que e quando aconteceu, mas começamos a compartilhar momentos importantes para ambos. A obrigação de nos encontrarmos começou a ser substituída pela felicidade de nos sentirmos juntos, mais fortes do que nunca. Invencíveis!

Nós nos apaixonamos perdidamente um pelo outro.

Meu egoísmo exacerbado começou a ceder para um sentimento que poucas vezes tinha sentido de forma tão pura em minha vida: o amor.

Você me pedia muito, isso é verdade. Mas em troca dava os abraços mais gostosos, os melhores beijos, as primeiras palavras e risadas gritadas ao vento, o carinho inocente de quem amava incondicionalmente e não sabia que o pai era uma pessoa falível e que errava com uma frequência assustadora.

Os quilômetros para te buscar, te trazer para nossa casa e, menos de quarenta e oito horas depois, te levar de volta, começaram a parecer poucos perto de toda a alegria que você me proporcionava.

Você é a melhor coisa que aconteceu em minha vida!

Quando eu era criança, meu pai me contou que, mais jovem, tinha escrito um livro intitulado *L'Uomo che Sapeva Troppo e per Questo Doveva Morire* [em português: *O homem que sabia demais e por isso deveria morrer*].

Claramente, apaixonado pela leitura como sou, resolvi lê-lo. Devia ter uns sete anos, na época. Me apaixonei pelo livro e senti um orgulho indescritível do meu pai, meu herói mais incrível do universo, ser tão genial e conseguir escrever um livro tão maravilhoso.

Não sei se você, um dia, lerá este punhado de páginas, Henri. Não sei se ficará com raiva por eu ter tido dúvidas, no começo. Não sei se servirá como lição para entender que seu pai é um vacilão que errou muito na vida, que todos nós fazemos coisas das quais não nos orgulhamos, mas que podemos voltar atrás e tentar consertar o consertável.

Creio que você pode até ter aprendido algo comigo nesses pouco mais de três anos que tive a sorte de compartilhar com você, mas saiba que aprendi muito mais.

Você me fez uma pessoa melhor. Eu te agradeço muito, meu filho.

Pior, temos tantas coisas para fazer juntos ainda. Tantos momentos para viver. Você ainda tem que me pedir para te ensinar a fazer a barba, tem que me apresentar a sua futura esposa e dizer que está perdidamente apaixonado por ela, tem que trazer seus futuros filhos para brincarem comigo e me chamarem de "*Nonno*" — assim como você chama meu pai —, tem que tomar uma cerveja comigo enquanto comemoramos a sua formatura em alguma universidade de primeira linha após ter conseguido as melhores notas da turma.

Desculpe por te abandonar justo agora, no nosso melhor momento.

Sei que é difícil para você entender, mas me perdoe. Tenho que partir. A vida não é justa!

Desculpe por ter errado tanto.

Se um dia chegar a ler isto, saiba que amei e amo você como nunca amei ninguém.

Obrigado por tanto em tão pouco tempo. O mundo é seu! Voa!

Capítulo 5:
Viva (de verdade)

> "A maioria das pessoas é tão feliz quanto decide ser."
> ABE LINCOLN

> "A vida não é um concurso de longevidade.
> É um concurso de qualidade."
> BETH DUTTON – YELLOWSTONE

Goiânia: meu apartamento. 20 de dezembro de 2022.

Morgan Housel, em sua obra *A psicologia financeira* — que já citei diversas vezes neste livro — menciona interessante estudo:

> Em seu livro 30 Lessons for Living [Trinta lições de vida, em tradução livre], o gerontologista Karl Pillemer entrevistou mil idosos nos Estados Unidos em busca das lições mais importantes que eles haviam aprendido em décadas de experiência. O autor escreveu: Ninguém — nem uma única pessoa entre mil — disse que, para ser feliz, é preciso trabalhar o máximo que puder para ganhar dinheiro e comprar tudo que se deseja. Ninguém

> — nem uma única pessoa — disse que é importante ser ao menos tão rico quanto as pessoas ao seu redor nem que é sinal de sucesso se você tiver mais do que elas. Ninguém — nem uma única pessoa — disse que é preciso escolher a carreira com base no quanto você espera que sejam os seus rendimentos. O que eles valorizavam eram coisas como boas amizades, fazer parte de algo maior e passar tempo com os filhos. [...] Ter o controle do próprio tempo é o maior dividendo que o dinheiro pode pagar.[89]

Como já explanado alhures, somos moldados por uma sociedade que mede a felicidade das pessoas pela quantidade de dígitos em suas contas-correntes e, não raras vezes, nos esquecemos que viver bem é muito mais do que isso: é ter tempo livre, é conviver com os amigos e com a família, é ter a liberdade de fazer escolhas.

Perdemos tempo demais durante a vida, nos preocupando com o que os outros pensam a respeito da gente e acabamos vivendo os planos e os sonhos de terceiros, ao invés de focarmos no que realmente queremos para nós e para os que nos cercam.

Hoje, à beira da morte, vejo isso mais claramente do que nunca.

Perdi tempo preciosíssimo da minha vida, fazendo coisas das quais não gostava, para agradar pessoas que sequer admirava, tentando viver a vida que elas planejavam para mim.

Deixei de passar tempo precioso com meu filho, com minha família e com meus amigos, para trabalhar igual um louco e prejudicar, reiteradamente, minha saúde.

---

[89] HOUSEL, Morgan. Op. cit., pp. 97-98.

E o tanto de tempo que gastei nas redes sociais postando fotos e escrevendo textos para que os outros me achassem foda e deixassem seus preciosíssimos likes?

———

Pode parecer normal para nós acharmos que a liberdade quase que infinita do século XXI é algo inato ao ser humano, mas saiba que só a alcançamos recentemente e que, durante a história humana, as pessoas, em sua grande maioria, não eram livres para fazerem o que queriam quando elas queriam.

Atualmente, tudo parece ser diferente. Se você está lendo isso, provavelmente teve a sorte de nascer em um país democrático e com um poder aquisitivo razoável. Logo, você dita, ainda que parcialmente, suas regras de vida. Decide o que fazer com seu tempo, com sua liberdade e com sua felicidade.

Para nós, tudo é bem mais fácil do que foi no passado, tenha certeza disso, independentemente de quanto sua vida pode ser complicada.

A liberdade é tudo, como bem disseram os eternos capitães da areia, de Jorge Amado: "*é como o sol, o bem maior do mundo*".[90] Aproveite-a! Use-a! Faça coisas das quais você gosta. Você não tem como saber até quando poderá fazer isso.

Viva sua vida de forma leve! Não deixe que problemas te sobrecarreguem mais do que você aguenta.

Se você é ansioso(a), como eu, não deixe que isso se torne um problema. Querer antecipar o futuro é deixar de viver o presente.

Viva a porra do presente!!!

Perceba: não vivemos apenas para trabalhar, pagar contas e trabalhar mais. Mesmo que sua vida seja complicada, você

---

90 AMADO, Jorge, *Capitães da areia*. São Paulo: Companhia das Letras, 2008.

tem inúmeros momentos para se alegrar e se divertir com as pessoas que você ama ou, por que não, sozinho. Não morra de tanto cumprir compromissos. Lá na frente, ninguém sequer vai se lembrar do tanto que você lutou.

Não exija demais de você! Valorize suas pequenas vitórias: são degraus de uma escada que só terminará com sua morte, daqui a muitos anos. Algumas vezes, você precisará descansar durante a subida e recuperar o fôlego. E lembre-se de que você não é obrigado(a) a alcançar a cobertura do edifício; pode muito bem encontrar algo no meio do caminho e ficar por lá. A calma e a segurança podem ser tão importantes quanto a cobrança contínua. Não somos máquinas.

Além disso, demonstre seus sentimentos, faça o bem para as outras pessoas, seja sua melhor versão, sempre!

Palavras doces podem parecer muito pouco, mas são capazes de trazer alegria para terceiros. Diga-as em voz alta sempre que puder! Depois pode ser muito tarde.

Valorize suas amizades; elas configuram os laços mais estreitos que você pode ter com alguém.

"E, acima de tudo, ame! Ame muito! Paute sua vida nisso e não no ódio ou em sentimentos desagradáveis como ciúmes e inveja."[91]

---

91 Paulo Gustavo, ator e diretor falecido, no ano de 2021, após complicações decorrentes da COVID-19.

Capítulo 6:
O fim do fim

> ❝
> Abram os olhos", conclui o homem, "e vejam o máximo que puderem antes que eles se fechem para sempre."
> TODA LUZ QUE NÃO PODEMOS VER – ANTHONY DOERR

Goiânia: meu apartamento. 21 de dezembro de 2022. 15h27

Hoje, meu filho falou que me ama e que vou ficar bem. A professora disse pra ele, e ele acredita absolutamente nisso. Fez planos, falou que, em breve, jogarei bola com ele e que marcará muitos gols. Falou que não preciso me preocupar porque vou sorrir novamente. Um sopro de vento quente e gelado ao mesmo tempo. Uma panaceia para todos os males, mas que dói muito.

Assim que ele saiu do quarto, comecei a chorar. Doeu tudo. Que merda que virei. Mais frágil do que vidro.

Quero sobreviver. Pra ele! Vou sobreviver!

18h32

Será que poderia ter evitado esse câncer? Fico me perguntando isso. Muito. Todo dia. Será que tomei Coca-Cola demais? Fiz muitos raios X em minha vida? Bebi muita cerveja? O que fiz de errado? O que poderia ter feito diferente? Ou será que, realmente, há um livro no qual meu destino estava escrito antes mesmo de eu nascer? Nesse caso, poderia ter mudado algo ou "vivi o plano"? Me parece tão imbecil essa hipótese... Se Deus existe, bem que podia nos ter dado mais informações...

Goiânia: meu apartamento. 22 de dezembro de 2022. 13h17

Enquanto dormia, hoje, pela manhã, inconscientemente, sonhei com minha última esperança: o projeto Gilgamesh, a ponta de diamante da revolução científica, a busca pela vida eterna.

Não, não estou brincando.

A lenda de Gilgamesh, rei de Urok, na antiga Suméria, explica que ele era o homem mais forte do mundo e que, após presenciar a morte de seu melhor amigo, Enkidu, decidiu que não morreria nunca, motivo pelo qual lutou até o fim do universo para descobrir que os deuses, ao criarem os homens, estipularam que todos morrerão um dia. Assim, nosso herói teve que conviver com a mais dura verdade: a morte é inevitável.

Milhares de anos depois, nos tempos modernos, alguns cientistas, contudo, começaram a discordar de tal premissa, pautando-se em uma ideia tão simples quanto sedutora: a morte não é um destino inevitável determinado pelos deuses, mas apenas um problema técnico, que possui solução. Em vez de desperdiçarmos tempo precioso tentando explicá-la, podemos gastá-lo descobrindo como evitá-la.

Nesse sentido, explica Harari, em sua obra *Homo Deus*, que

> Durante a história, religiões e ideologias não santificaram a vida em si mesma. Santificaram sempre algo que está acima ou além da existência terrena, e consequentemente foram bem tolerantes com a

> morte. [...] Humanos morriam porque Deus assim decretava, e o momento de sua morte era uma experiência metafísica sagrada e repleta de significado. [...] A ciência e a cultura moderna têm uma visão totalmente diferente da vida e da morte. [...] Na verdade, para pessoas modernas a morte é um problema técnico que pode e deve ser resolvido.[92]

Sei que, principalmente para os que não estão familiarizados com o conceito, soa como loucura, mas o projeto é defendido por algumas mentes brilhantes, que explicam que, se pensarmos que há pouco mais de cem anos não conhecíamos muita coisa do corpo humano, com a evolução da ciência não há por que não se imaginar que, no futuro, poderíamos nos tornar amortais (a pessoa ainda poderá morrer ao cair de um penhasco, por exemplo), com a implantação de milhões de nanorrobôs que atacariam vírus e bactérias, eliminariam células cancerosas, evitariam o envelhecimento, entre outras funções.

Parece impossível, claro, mas tem tanta coisa que parecia impossível e a ciência resolveu. Como apontou o escritor e inventor Arthur Charles Clarke, "qualquer tecnologia suficientemente avançada é indistinguível da magia". A energia elétrica para os antigos faraós, com certeza, parecia algo impossível, assim como a possibilidade de um ser humano pisar na lua, para os cidadãos americanos, por volta do ano de 1800, ou a ideia de se combater eficazmente uma pandemia sem se queimarem "bruxas", para os europeus do século XIV.

Se tem uma coisa que a ciência nos ensinou, na verdade, é que chamar algo de impossível é absolutamente prematuro e que o conhecimento pode tornar a grande maioria das coisas

---

92 HARARI, Yuval Noah. *Homo Deus: uma breve história do amanhã*. São Paulo: Companhia das Letras, 2016, p. 31.

possível. "Nosso *amor pelas estrelas é grande demais para termos medo da noite*": o lindo epitáfio escrito no túmulo de dois astrônomos amadores resume bem isso.

Há, claramente, forte resistência de alguns, que apontam a utopia na ideia de alcançarmos a vida eterna.[93]

Outros, obviamente, poderão ver nisso uma oportunidade de os governos nos controlarem, terem acesso a nossos dados e nos tornarem uns quase zumbis em pleno estilo *Resident evil*. Aduzirão, inclusive, que livros sagrados previram isso e que o apocalipse está chegando.

É só lembrar que a ciência foi duramente combatida por fanáticos oniscientes por milhares de anos, sua evolução foi travada diversas vezes, seus líderes foram executados. Este seria apenas mais um dos inúmeros ataques em nome de seres superiores que, supostamente, estariam nos guiando por meio de textos antigos, reescritos não sei quantas vezes, no decorrer da história.

Mas cabe a cada um decidir no que acreditar: da minha parte, por favor, se for possível me façam de cobaia, me encham de robozinhos e testem esse projeto em mim, porque não quero morrer!

De qualquer forma, até os mais otimistas não preveem, realisticamente falando, que o projeto possa ser implementado antes de 2050 (a maioria aponta datas bem mais longínquas, na verdade).

É muito pedir para viver apenas mais algumas décadas e torcer para que a ciência evolua na "velocidade Bolt" para eu me tornar amortal?

O título que escolhi para este livro — *Devaneios de um moribundo* — nunca fez tanto sentido...

---

[93] Pinker parece adotar esse entendimento na p. 86, do seu já citado livro *O novo Iluminismo*.

Goiânia: *meu apartamento. 23 de dezembro de 2022.*
10h02

Hoje acordei tão bem... um raio de sol bateu no meu olho bem cedo e me despertou. Abracei minha noiva. Chorei. Ela sempre foi tão sensacional e, nos últimos tempos, a valorizei tão pouco. Como não comemorei tanto cada raio de sol e cada abraço que ela me deu? Como não percebi que aquilo era tudo que eu precisava? A vida é a soma de muitas coisas, e dar valor apenas aos acontecimentos extraordinários é pouco. É um desrespeito. Devia ter percebido isso antes...

14h06

Por que eu? Por que não outro? Por que não foi o cretino aqui do quarto ao lado no hospital que fiquei sabendo que estava gritando igual a um idiota por uma mera apendicite? Por que não minha vizinha de casa que já tem setenta e oito anos e não vai fazer falta para ninguém? Por que não meu irmão? Meu pai? Qualquer pessoa? Não mereço isso! Por que eu? Por que eu?

14h40

Durante minha vida, reiteradas vezes alguém testou meu ateísmo pautado no exemplo que eu chamo de "experimento do cara do avião".

"Suponhamos que você, Giovanni, ateuzinho pecador, esteja em um avião que está caindo. Nesse caso, você oraria para Deus te salvar?"

Sempre achei o exemplo de duvidosa inteligência, demonstrando apenas que, em hipóteses extremas, as pessoas podem deixar um pouco de lado a razão e se apegar à emoção. Realmente você quer me dizer que, se eu fizesse isso em um momento de "tudo ou nada", estaria demonstrado que Deus existe?

Muitas vezes, percebendo a necessidade que a pessoa tinha de se sentir vencedora em um assunto que, possivelmente, jamais poderemos confirmar, eu dizia algo do tipo "faz sentido" ou "é isso. *Como me enganei* por tanto tempo?".

Nunca entendi a necessidade que algumas pessoas possuem de tentar "converter" outras para seus pensamentos...

De qualquer forma, considerando que meu avião está caindo neste momento e que não há pista de pouso, vamos tentar. Vai que... Quero morrer. Deus, se existir, me mate logo. Não aguento mais tanta dor, insegurança e tristeza. Me mate! Me mate!

15h19

Sempre achei extremamente irracional as pessoas criticarem quem chega ao ponto de se suicidar. Será que elas acham que a pessoa está superfeliz, acorda e decide, do nada, que vai acabar com tudo? Será que é isso?

Nunca soube de alguém feliz que se suicidou. Acho extremamente absurdo julgar as pessoas que tiram suas próprias vidas sem saber o que se passou.

O brilhante ator Robin Williams, que se suicidou em 2014, resumiu bem o que penso: "todos que você conhece estão lutando uma batalha sobre a qual você não sabe nada".

No ponto!

Lembra da crise de 1929, quando nem sei quantas pessoas se mataram? Em sã consciência, você acha que um mês antes elas pensavam nisso?

"Ah, mas não é razão pra tirar sua vida." Numa primeira análise, até concordo, mas cada pessoa reage de uma forma aos acontecimentos.

É muito arrogante e soberbo querer entrar na cabeça da pessoa, esse é meu ponto.

Ninguém nasce pensando em se suicidar. Creio que ninguém esteja feliz e pense em se suicidar. Mas as coisas acontecem. Exemplo: nunca pensei em me matar e, desde que descobri meu câncer, penso incessantemente nisso.

"Egoísta", alguns dirão. "Não pensa em sua família."

Na verdade, é neles que estou pensando. E no peso que sou. E na dor que sinto. E na falta de esperança. Como já julguei alguém?

———

Goiânia: hospital. 24 de dezembro de 2022.
03h09

Hoje, lembrei-me de uma frase do inesquecível Frank Sinatra: "Viva cada dia como se fosse o último. Um dia você acerta".

Será que minha hora, realmente, chegou?

———

Goiânia: hospital. 25 de dezembro de 2022.
06h17

Creio que o fim tenha realmente chegado. No dia do Natal, ainda. Que cômico! Que belo presente!

Mas a verdade é que meu raciocínio piorou consideravelmente e passo 90% do tempo dormindo ou delirando.

A morfina e a quimioterapia, que deveriam estar me salvando, estão me matando psicologicamente. Fisicamente, o câncer está concluindo seu trabalho.

O médico decidiu que terei que passar meus últimos dias no hospital, pois irei morrer a qualquer momento.

Não me falaram isso, mas é óbvio que essa é a razão. Mesmo sem estar muito lúcido, não sou burro.

Não sei se conseguirei escrever novamente, creio que não.

Se o fim for esse, saiba, querido(a) leitor(a) que, mesmo não te conhecendo, você é muito importante em minha vida.

Viva, seja feliz, viaje, chore, sorria, ame. Aproveite tudo que for aproveitável, enquanto pode.

Seja um *plus* na vida das pessoas. Seja inesquecível.

Pare de se preocupar com indivíduos que não têm absolutamente nada a ver com sua alegria. Com suas decisões. Com sua felicidade. Pare de viver a vida dos outros. Viva a sua!

Realize seus sonhos, curta as pessoas importantes, aprenda a ficar sozinho.

Seja feliz, meu(minha) amigo(a).

É tudo que te peço! Seja feliz!

Você é incrível.

Giovanni.

Capítulo 7:
O fim é o começo

Goiânia, 02 de dezembro de 2037.

Pai, você morreu no dia 25 de dezembro de 2022, às 23h09, após uma luta desleal contra um inimigo sorrateiro chamado "câncer", que durou pouco mais do que cinco meses.

Em pouco tempo, você se transformou em um esqueleto de quarenta e sete quilos, que, mesmo assim, permaneceu com sorriso no rosto até o final de seus dias.

Faleceu jovem, mas preciso que você saiba que foi o suficiente para se tornar a minha referência e transmitir-me valores que até hoje são meus pilares de vida. Devo muito a você, pai!

Encontrei o livro por acaso, salvo em uma "nuvem" em seus arquivos do Google, enquanto procurava sua certidão de nascimento para juntá-la a um requerimento no curso que irei fazer: teologia.

Imagino você, neste momento, rindo ao lado do nosso Pai Celestial enquanto lê o que acabei de escrever. Sim, irei fazer teologia! Como você apontou, sonhos são pessoais e intransferíveis, então não fique decepcionado comigo!

Viva minha alegria por essa escolha! Estou totalmente realizado e certo de ter tomado a decisão correta! Espero que se orgulhe de outras formas!

Mas a faculdade é apenas um pequeno ponto no meio de tantas novidades que tenho para te contar! Aconteceu muita coisa nesses quinze anos e poderia permanecer aqui dias e dias escrevendo, só que não irei fazer isso; pelo menos não nestas páginas, pois decidi publicar seu livro! Senti tanto orgulho quando o li!

Contudo há pelo menos um fato que preciso te dizer desde já: você tem um neto incrível e ele tem seu nome: Giovanni! Nasceu há poucos dias, lindo e maravilhoso como nenhuma outra criança do mundo. É muito amado, assim como eu fui!

Espero conseguir ser um exemplo para ele como você é para mim!

Eu te amo, pai! Nós nos veremos novamente no futuro. Tenho certeza!

Seu filho, Henrique.

Epílogo

"
Per aspera ad astra."
[Por caminhos difíceis até as estrelas]

Quando cheguei ao Brasil, em 2002, com treze anos, lembro que, na escola em que fui estudar, antigo Poliana, em Ituiutaba (MG), uma professora questionou a mim e os alunos em qual profissão trabalharíamos quando crescêssemos.

Com treze anos, quase todos os adolescentes têm sonhos iguais: ser policial para andar armado, ser jogador de futebol porque é bom ou ser médico para ganhar dinheiro e salvar vidas.

Lembro que todos me olharam espantados quando disse que queria ser escritor. Com certeza, pensaram "que nerd", ou, mais provavelmente, "que imbecil".

A verdade é que minha vida sempre teve vínculo com a leitura.

Meus pais tinham uma minibiblioteca e sempre me incentivaram a ler muito.

Assim, fui criado buscando tesouros escondidos com Robert Louis Stevenson,[94] descobrindo tecnologias futurísticas com Júlio Verne,[95] combatendo os corsários com Emilio Salgari[96] e sentindo o cheiro do terror com Stephen King.[97]

---

94 A ilha do tesouro.
95 Sobretudo, A volta ao Mundo em oitenta dias e Vinte mil léguas submarinas.
96 Uma das minhas personagens preferidas na adolescência: o destemido Sandokan.
97 Meus preferidos: A coisa; Novembro de 63; À espera de um milagre; O iluminado.

Posteriormente, cresci e me apaixonei por Harry Potter, como qualquer criança por volta do ano 2001, bem como pelo mundo mágico de Tolkien.[98]

Aproximadamente aos dezessete anos, descobri a genialidade de Ken Follet[99] e a inteligência de Richard Dawkins.[100]

Após escolher a faculdade de direito e me apaixonar pela área, meu tempo livre para leitura diminuiu consideravelmente. Nesses anos, meu foco foi o estudo jurídico.

Depois de formado, comecei a estudar para concursos públicos. Meu tempo se resumia a isso.

Quando, finalmente, fui aprovado, o trabalho se tornou minha prioridade. Contudo, nas horas vagas, decidi aprofundar alguns temas que me despertavam a atenção e que não dominava satisfatoriamente, como física, economia, política e história. Descobri um dos maiores gênios da atualidade, a meu ver, Hawking,[101] falecido recentemente, e aprendi muito com Harari,[102] Diamond,[103] Pinker,[104] Niall Ferguson[105] e Buffett.

Foi com o livro *Essencialismo*, de Greg McKeown, e com a obra *A sutil arte de ligar o f*da-se*, de Mark Manson, que revi minhas estratégias.

Passei anos com o sonho de escrever um livro guardado na gaveta. Sem tempo, com medo de ser um fiasco e, muitas vezes, com preguiça, deixei o projeto parado.

Medo de ser um fiasco? Sim. Conheço as pessoas. Sei que muitas criticarão este sonho que está saindo do papel. Mas a

---

98 *O Senhor dos anéis.*
99 *Os pilares da terra; Mundo sem fim; O século.*
100 *Deus, Um delírio; O relojoeiro cego.*
101 *Uma breve história do tempo e O Universo numa casca de noz.*
102 *Sapiens e Homo Deus.*
103 *Armas, germes e aço; Colapso.*
104 *O novo Iluminismo.*
105 *Civilização: Ocidente x Oriente.*

opinião alheia deixou de importar faz tempo. Viver pautado no que os outros pensam impossibilita nossa felicidade.

Caso você esteja lendo este epílogo, significa que consegui. Significa que realizei um sonho que foi cultivado no decorrer da minha vida. Significa que minha paixão prevaleceu sobre o medo e sobre as adversidades.

Saiba que nem todas as opiniões expostas por Giovanni são as minhas. Ele é um moribundo reflexivo em seus últimos dias de vida, passando por uma situação que, felizmente, não vivenciei — e espero não vivenciar. O livro não é sobre mim, é sobre ele.

Espero, do fundo do coração, que você tenha gostado!

Tommaso

FONTE Literata
PAPEL Pólen Natural 80g/m²
IMPRESSÃO Paym